[redacted]

Die wilden Orks
Überfall der Trolle
-5-

Das Land Athranor
Dalan
DALANOR
YSDAL
Kobolda
Bragnyrs Hof
NORDALA
Segbar
Grab des Unbekannten OGER-Königs
Berg
Nebelhaven
Norhom
Serona
Ailandia
BAGORIEN
Bagor
Eptar
Ailan
SIEBENLAND
Beel
Zwergenspitz
Zagan
Endar
Amba
Valda
Balor
AMBALOR
Sieben-Türme-Stadt
Dagata
Zwergisches Meer (versunkenes Zwergenreich)
Edakia
Arazia
Batana
Zwergbergen
Lichtinsel
Finsterberge
Fischmenschen-Insel
Aladar
Roter Fluss
Braga
SYDIEN
Tarabia
Westfluss
Reela
Zwergenheim
Rote Berge
Flussburg
Sydos
Westburg
Drachenstraße
Grenzburg
WESTANIEN
Ebata
Drachenstein
KÖNIGREICH BEIDERLAND
Capla
Daragos
Drachenküste

Alfred Bekker
wurde 1964 in Borghorst geboren. Seit er das Alphabet beherrscht, ist er vom Geschichtenschreiben besessen. Den ersten Roman, der auch veröffentlicht wurde, verfasste er mit 14 Jahren. Es folgten zahlreiche Romane, Erzählungen und Kurzgeschichten, die er unter seinem Namen sowie unter mehreren Pseudonymen veröffentlichte. Unter www.alfredbekker.de ist der Autor auch im Internet vertreten.

Bereits erschienen:
Die wilden Orks:
  Sturm auf das Elbenreich
  Angriff der Orks
  Der Fluch des Zwergengolds
  Die Drachen-Attacke

Tutenchamun und die falsche Mumie
Tutenchamun und die Grabräuber

Ragnar, der Wikinger
Ragnar, der Wikinger, in Gefahr
Ragnar, der Wikinger, im Palast des Kaisers
Ragnar, der Wikinger, und das zerbrochene Schwert

Alfred Bekker

Die wilden Orks

Überfall der Trolle

-5-

ueberreuter

Das säurefreie und alterungsbeständige Papier EOS liefert Salzer, St. Pölten
(hergestellt aus chlorfrei gebleichtem Zellstoff aus nachhaltiger Forstwirtschaft).

ISBN 978-3-8000-5692-7

Umschlag- und Innenillustration von Dirk Schulz, animagic GmbH, Bielefeld
Umschlaggestaltung von Herbert Ahnen, animagic GmbH, Bielefeld
Karte: Joseph Koó

Druck: GGP Media GmbH
1 2 3 4 5 6 7   18 17 16 15 14 13 12

Ueberreuter im Internet: *www.ueberreuter.de*

Ein dunkler Abgrund klaffte mitten in der Königsburg von Aladar. Dieser magische Schlund war plötzlich aufgerissen, nachdem die Pflastersteine für einen Augenblick so ausgesehen hatten, als würden sie schwimmen. An seinen Rändern zischten kleinere Blitze – Anzeichen für die Kräfte der Magie, die hier zu wirken begonnen hatten. Dann sprang eine Gestalt aus der bodenlosen Dunkelheit des Schlundes heraus. Ein Geschöpf mit riesigen Füßen und Händen, einem groben Gesicht mit knollenartiger Nase und Bartstoppeln, die fast bis unter die Augen wuchsen. Die Hautfarbe war steingrau und als das Geschöpf kurz verharrte, sah es aus wie aus Granit gehauen. Ein breiter Gürtel hielt eine Lederweste zusammen. Ein stark gebogenes Schwert war über seinen Rücken gegürtet.

Einer der Wächter, die auf den Wehrmauern und Türmen Dienst taten, wurde jetzt auf die Gestalt aufmerksam.

»Seht dort! Ein Troll!«

Schon im nächsten Augenblick sprang ein weiterer Troll aus dem tiefen, dunklen Schlund heraus und es folgten noch ein dritter und vierter. Sie alle waren gut bewaffnet, steinfarben und hatten sehr grobe Gesichter, Hände und Füße. Aber von ihrer Größe waren sie äußerst unterschiedlich. Der kleinste von ihnen war vielleicht so hoch wie eine Katze, der größte hingegen war von dem an ein Büschel aus dunklem Gras erinnernden Haar bis zu den riesigen Füßen doppelt so groß wie ein hochgewachsener Elbenkrieger.

Ein Hornbläser auf der Wehrmauer zum äußeren Burghof blies jetzt Alarm.

Die Trolle wechselten einige Worte in ihrer aus vielen dumpfen Lauten bestehenden Sprache. Inzwischen waren schon beinahe zwanzig von ihnen aus dem Schlund gesprungen und es kamen immer noch mehr. Einige zogen ihre Waffen, Schwerter, Steinäxte und zum Teil auch Keulen. Der Troll, der als Erster aus dem Schlund gesprungen war, trug einen Ring mit einem roten Rubin. Den hielt er in die Höhe und murmelte dazu etwas in der Trollsprache. Der Rubin begann zu leuchten. Ein blutroter Strahl fuhr in den Himmel, drehte sich mehrfach wie eine unruhige Kompassnadel und richtete sich dann auf das hohe Gebäude auf der linken Seite des Burghofs.

Dort war die große königliche Bibliothek von Aladar untergebracht.

Der Troll mit dem Rubinring deutete dorthin, brüllte ein paar Worte in seiner Sprache, woraufhin sich fast ein Dutzend Trolle auf den Weg machte. Sowohl sehr große als auch sehr kleine Trollkrieger waren darunter.

Inzwischen kamen die ersten Wächter der königlichen Leibgarde. Während weitere Trolle aus dem magischen Schlund hervorsprangen, wurden die anderen bereits in einen Kampf verwickelt. Trollschwerter und Keulen trafen auf die Klingen der Ritter von Aladar. Waffengeklirr und Geschrei erfüllten den Innenhof der Burg.

Währenddessen hatte das Dutzend Trolle, das zum Gebäude der Bibliothek geschickt worden war, bereits sein

Ziel erreicht. Die ersten von ihnen kletterten schon die Wände empor. Ihre steinfarbenen Hände und Füße hafteten einfach am Gemäuer, wie bei einer Fliege. Mit raumgreifenden Bewegungen schnellten sie hoch – und schon hatte der erste das Fenster erreicht, hinter dem sich die Bibliothek befand.

Eine Stunde früher …

Prinz Candric liebte Bücher. Der junge Thronfolger des Königreichs Beiderland hatte mit ihnen immer schon am liebsten seine Zeit verbracht. In alten Büchern zu stöbern und Geheimnisse zu entdecken, das gefiel ihm. Geschichten von Helden aus alter Zeit interessierten ihn genauso wie Zaubersprüche oder Bücher, die sich mit dem Lauf der Sterne oder dem Verhalten von Tieren beschäftigten. Der Elb Lirandil hatte ihm geholfen, sich auch in der Sprache und Schrift der Elben zu vervollkommnen, sodass er auch elbische Bücher immer besser zu lesen vermochte. Sie waren besonders selten und kostbar, doch unter den Zehntausenden von Büchern in der Bibliothek von Aladar gab es etliche von ihnen, auch wenn sie zwischen all den dicken Bänden nicht immer leicht zu finden waren.

Den ganzen Tag schon war Prinz Candric in den hohen Räumen der Bibliothek gewesen – mit Kara, der Tochter eines Hofbeamten. Kara teilte seine Leidenschaft für

Bücher und manchmal blieben sie bis tief in die Nacht in der Bibliothek.

Kara sah sich gerade eine Schriftrolle an. Für Schriftrollen gab es hier besondere, zylinderförmige Behälter.

»Kennst du diese Schrift?«, fragte sie in die Stille hinein – denn sie hatten länger nichts gesagt.

Das fand Candric so angenehm an ihr. Sie war zwar genauso begeistert von den Geheimnissen der Bücher wie er, aber sie konnten zusammen sein, ohne andauernd zu reden.

Candric blickte von dem dicken Band mit Legenden der Elben auf und stellte ihn wieder ins Regal. Lirandil hatte dieses Buch geschrieben – und zwar schon vor vielen Jahren, als Candric noch ganz klein gewesen war. »Der zukünftige König von Beiderland sollte nicht nur die Geschichten der Menschen, sondern auch die der Elben kennen«, hatte er damals gesagt und ein ganzes Jahr lang alle Elbenlegenden aufgeschrieben, die er kannte. Allerdings war ein Jahr für einen Elb letztlich keine besonders lange Zeit, angesichts der Tatsache, dass ihre Lebensspanne normalerweise viele Jahrtausende umfasste. Lirandil war immer wieder an den Hof von Aladar gekommen und hatte den König und die Königin beraten. Aber es hatte ihn auch immer sehr interessiert, wie sich der junge Thronfolger entwickelte.

Candric sah auf die zum Teil entrollte Schriftrolle.

Die Zeichen glichen kleinen Bildern.

»Das könnten Zeichen aus der Schrift des vor langer Zeit untergegangenen Oger-Reichs in Bagorien sein«, vermutete Candric.

»Wie kommst du denn darauf?«, fragte Kara und strich sich dabei eine Strähne ihres langen Haars aus den Augen.

»Na, wegen der vielen grünen Männer, die in den Zeichen zu sehen sind! Die sehen doch aus wie Oger, findest du nicht? Und ich vermute, dass die Oger früher auch in erster Linie über Oger geschrieben haben!«

Kara sah sich die grün angemalten Männer noch einmal genauer an. Breitschultrig, grünhäutig und sehr kräftig – so sahen die Oger aus, das wusste auch Kara. Und dass es früher einmal ein eigenes Oger-Reich im Nordwesten von Bagorien gegeben hatte, davon hatte sie auch schon gehört. Von diesem Reich hatte nur das Grab des unbekannten Oger-Königs bis zum heutigen Tag überdauert.

Aber waren das nun wirklich Oger – oder einfach nur grün angemalte Menschen, deren grüne Farbe irgendeine besondere Bedeutung hatte?

»Ich weiß nicht«, meinte sie. »Vielleicht hatte der Schreiber einfach nur grüne Tinte …«

»Das könnte natürlich sein.«

»Man müsste die Schrift entschlüsseln, Candric! Sonst wird nie jemand erfahren, was da eigentlich steht!«

Kara rollte die Schriftrolle wieder ein und steckte sie zurück in den zylindrischen Behälter, aus dem sie sie genommen hatte.

»Ich habe auch ein Buch, das ich gerne jemandem zeigen würde«, sagte Candric. »Aber das kommt nicht aus dieser Bibliothek.«

Kara sah ihn überrascht an.

»Wovon sprichst du?«, fragte sie.

Candric griff unter sein Wams und holte ein nur handgroßes Buch heraus. Es war in dunkles Leder gebunden. Mit silbernen Fäden waren geschwungene elbische Schriftzeichen eingearbeitet. »Das ist ein magisches Buch«, sagte Candric. Und wie zur Bestätigung seiner Worte leuchteten die Silberfäden in der Vorderseite des Buches plötzlich auf.

»So ein Buch hat es hier nie gegeben, Candric! Sonst hätte ich es in all den Jahren, die ich hier schon herumstöbere, ganz bestimmt bemerkt!«

»Ich sagte ja, es kommt nicht aus dieser Bibliothek«, erklärte Candric.

»Woher dann?«

»Aus Asanils Turm.«

Asanil, der Magier, war vor einiger Zeit mit seinem Himmelsschiff zu einer langen Entdeckungsreise aufgebrochen, von der er so schnell nicht zurückkehren würde. Zusammen mit Lirandil hatte er Candric helfend zur Seite gestanden, als die Seele des Prinzen immer wieder mit der von Rhomroor, einem wilden Ork, vertauscht worden war. Zusammen hatten sie viele Abenteuer erlebt, waren an Bord von Asanils Himmelsschiff zur Stadt der Spiegel und ins Ferne Elbenreich gereist, um dem Geheimnis des Körpertauschs auf die Spur zu kommen.

Doch in Zukunft würde Asanil dem jungen Thronfolger nicht mehr zur Seite stehen können, denn der Magier war fort. Ein Jahrtausend sollte die Reise dauern. Asanil gehörte zwar auch dem langlebigen Volk der Elben an, aber ein Jahrtausend war selbst für einen Elben keine kurze Zeitspanne mehr.

»Hat Asanil dir dieses magische Buch geschenkt, bevor er seinen Turm mit Magie versiegelt hat und er aufbrach?«, fragte Kara.

Candric schüttelte den Kopf. »Ich habe es einfach mitgenommen«, gestand er. »Deswegen habe ich auch so lange gezögert, irgendjemandem davon zu erzählen.«

»Du meinst, ein Thronfolger von Beiderland tut so etwas nicht!«

»Ich würde jetzt ja gerne sagen, dass ich die Absicht habe, es ihm eines Tages wiederzugeben, wenn er zurückkehrt. Nur fürchte ich, dass ich dazu keine Gelegenheit haben werde …«

»Es wird niemand mehr von uns leben«, sagte Kara.

»Und wer weiß? Vielleicht ist sogar das Königreich Beiderland schon längst untergegangen.«

»Du meinst wie das Reich des unbekannten Oger-Königs, das es mal in Bagorien gegeben hat?«

»Ja«, nickte Candric. Er öffnete das Buch, und Kara warf einen Blick auf die geraden Zeilen in geschwungener Elbenschrift. »Im Dunkeln leuchten die Buchstaben, Kara. Sie sind mit besonderer Elbentinte geschrieben. Es sind Zaubersprüche, magische Formeln …«

»Und – hast du diese Magie schon mal angewendet?«

»Ich habe es versucht«, entgegnete Candric.

Kara las aufmerksam einige Zeilen. Auch sie hatte Sprache und Schrift der Elben gut genug gelernt, um sie entziffern zu können. Candric hatte es ihr beigebracht. Zusammen hatten sie oft Stunden damit verbracht, die Zeichen der Elbenschrift aus den Büchern nachzumalen. Sie begann unbewusst, etwas zu murmeln.

»Hör auf!«, herrschte Candric sie an. »Wer weiß, was geschieht, wenn du diese Formeln sprichst!«

»Stimmt!«, sagte sie. »Aber können Menschen die Elbenmagie überhaupt anwenden?«

»Asanil hat meinem Großvater einst gesagt, dass das nicht möglich sei. Soweit ich von meinen Eltern gehört habe, wollte dieser nämlich unbedingt die Elbenmagie erlernen. Andererseits – ein Ork wie Moraxx hat ja auch die Elbenmagie erlernen können!«

»… und so dafür gesorgt, dass du mit Rhomroor die Seelen getauscht hast«, erinnerte sich Kara.

Candric lächelte. »Ja, und du bist wohl die Erste gewesen, die gemerkt hat, dass ein Ork in meinem Körper steckte, während meine Seele sich im Körper von Rhomroor befand und ich mit anderen Orks gekämpft, mich in der Schlammgrube gewälzt habe und auf dem Rücken von Hornechsen geritten bin.«

»Stehst du eigentlich noch in geistiger Verbindung mit Rhomroor?«, fragte Kara.

»Ja, manchmal«, sagte er. »Aber zurück zu diesem Buch! Was ein Ork lernen kann, kann ich auch lernen!«

»Aber Elben und Orks sind weitläufig miteinander verwandt«, gab Kara zu bedenken.

»Trotzdem!«, beharrte Candric. Er deutete auf die Zeilen, die Kara soeben zu murmeln begonnen hatte. »Das ist übrigens eine Formel zur Abwehr von Magie. Zumindest habe ich den Begleittext so verstanden – die Formel ist ja in der alten Sprache verfasst und die verstehen sogar viele Elben nicht mehr so richtig.«

Die Schrift leuchtete etwas auf. Und dann wurden Bilder sichtbar, die durch das Papier zu schimmern schienen. Bilder, die die Burgen und Städte der Elben zeigten. Manchmal auch elbische Gesichter oder Geschöpfe, die so fremdartig waren, dass Kara sich sicher war, noch nie von ihnen gehört zu haben.

»Ich weiß nicht, wann diese Bilder erscheinen und weshalb sie dann plötzlich wieder verschwinden«, gestand Candric. »Das muss irgendwie mit der Magie der Formeln zusammenhängen.«

»Du könntest Lirandil fragen, wenn er das nächste Mal nach Aladar kommt«, schlug Kara vor. »Er ist zwar kein ausgebildeter Magier, aber immerhin ein Elb und dürfte auf jeden Fall mehr über Elbenmagie wissen als du!«

»Ich glaube, er wäre nicht begeistert, wenn er erführe, dass ich Asanil bestohlen habe«, erwiderte Candric. »Aber die Neugier war einfach zu stark.«

»Sag mal – was ist da draußen eigentlich für ein Lärm, Candric?«

In diesem Moment zerbrach das Fensterglas. Ein Troll – nur etwa katzengroß – sprang hindurch, rollte auf dem Boden ab und stand dann sofort wieder auf seinen großen Füßen.

Ein zweiter folgte und brach dabei noch einige Glasstücke aus der Fensteröffnung. Dass sie spitz und scharf waren, schien ihm nichts auszumachen.

Der kleine Troll deutete in Candrics Richtung und rief ein paar Worte in der Trollsprache.

Dann kamen noch ein dritter und ein vierter Troll herein. Einer von ihnen war so groß, dass er nur mit Mühe durch das Fenster passte.

»Weg hier!«, rief Kara.

Aber es war zu spät. Die Trolle waren einfach zu schnell. Der größte unter ihnen riss einfach ein Bücherregal zur Seite. Candric und Kara versuchten in Richtung der Tür zu entkommen, aber schon hatten sich mehrere Trolle auf den jungen Prinzen gestürzt, ihn gepackt und zu Boden geworfen. Kara wurde von einer Trollpranke einfach zur Seite gestoßen. Sie war für die Trolle offenbar nicht weiter von Interesse.

Candric versuchte sich loszureißen.

Jetzt wäre es gut gewesen, wenn seine Seele im kräftigen, widerstandsfähigen Körper eines Orks gesteckt hätte.

Candric versuchte sich mit ausholenden, kräftigen Bewegungen zu befreien, wie er es als Ork getan hätte, aber gegen die Trolle kam er einfach nicht an. Ihre steinharten Pranken packten ihn an Armen und Beinen.

»Candric!«, rief Kara. Sie war gerade wieder auf den Beinen, als der kleinste unter den Trollen sie mehrere Schritte weit gegen die Tür schleuderte. Sie konnte gerade noch das Buch mit den magischen Formeln festhalten, das Candric dem Magier bei einem der letzten Besuche in dessen Turm entwendet hatte.

Die Trolle hatten Candric inzwischen zum Fenster gebracht.

Kara glaubte ihren Augen nicht zu trauen. Entsetzt sah sie, wie die Trolle Candric einfach aus dem Fenster schleuderten und sich dann einer nach dem anderen hinter ihm herstürzten.

Das muss ein böser Traum sein!, durchfuhr es sie.

Aber sosehr sie sich das auch gewünscht hätte oder sie sich in die Wange kniff – das, was sie gerade gesehen hatte, war tatsächlich geschehen!

Kara war sofort wieder auf den Beinen. Auf ihren schmerzenden Rücken nahm sie dabei keine Rücksicht. Sie kletterte über das umgestürzte Bücherregal und war im nächsten Moment am Fenster. *Mach dich auf das Schlimmste gefasst!*, ging es ihr durch den Kopf.

Bei einem Sturz aus dem Bibliotheksfenster brach sich normalerweise jeder den Hals – es sei denn, er war ein Ork oder ein Troll.

Das Herz schlug ihr bis zum Hals.

Aber als sie dann ins Freie blickte, sah sie, dass Candric nicht einfach auf den Boden gefallen war und sich wie erwartet das Genick gebrochen hatte.

Vielmehr schwebte er noch immer in der Luft und ruderte verzweifelt mit den Armen. Er bewegte sich dabei allerdings viel langsamer als sonst, so als wäre er von einem unsichtbaren Widerstand umgeben. Es wirkte beinahe, als wäre er in Wasser gefallen und müsste nun strampeln, um wieder an die Oberfläche zu kommen.

Er schwebte auf den dunklen Schlund zu, der sich in der Mitte des Burghofes gebildet hatte. Ein bodenloser, schwarzer Abgrund war das, der ins Nichts zu führen schien. Ein magisches Kraftfeld befand sich über diesem

Schlund. Überall dort, wo es wirksam war, flimmerte die Luft leicht und so konnte Kara sehen, dass es die Form eines Trichters hatte, der vom Fenster der Bibliothek bis zu dem dunklen Abgrund in der Mitte des Burghofes reichte.

Um diesen Schlund herum standen schwer bewaffnete Trolle unterschiedlichster Größe. Sie hatten einen Kreis gebildet und verteidigten sich gegen die herbeigeeilten Wachen.

König Hadran und Königin Taleena waren inzwischen aus dem Palast geeilt. Sie hatten die Stufen zum Portal dieses königlichen Hauptgebäudes der Burg von Aladar hinter sich gelassen und sahen entsetzt, wie ihr Sohn zusammen mit einigen Trollen in dem magischen Trichter schwebte und kurz davor war, in den dunklen Schlund gesogen zu werden.

Was soll ich nur tun?, dachte Kara. Alle, die Zeugen dieser Szene wurden, waren völlig machtlos. Weder die Wachen und Ritter noch der König und die Königin konnten irgendetwas tun.

Kara fühlte, wie sich ihre Hand um Asanils magisches Buch geklammert, ja es geradezu zusammengepresst hatte.

Doch das machte dem nach Art der Elben gefertigten und sicherlich mit einem Erhaltungszauber versehenen Buch nichts weiter aus.

Sie erinnerte sich an Candrics Worte. Hatte er nicht davon gesprochen, dass die Formel, die er ihr gezeigt hatte, dazu diente, Magie unwirksam zu machen?

Sie hatte nur noch einen einzigen Gedanken.

Ich muss das, was hier und jetzt geschieht, unbedingt stoppen.

Hastig suchte sie nach der Formel und fand sie trotz ihrer alles andere als perfekten Kenntnisse der elbischen Schrift und Sprache auch gleich wieder. Die Formel stand nämlich ziemlich am Anfang des Buches. Aus irgendeinem Grund hatte sie Candric besonders interessiert und deswegen hatte er wohl ein Eselsohr in die Seite gemacht.

Was, wenn die Wirkung jetzt ganz anders ist, als ich es erhoffe?, fragte sie sich. Aber für diese Bedenken war nun keine Zeit mehr. Schließlich wollte sie nicht, dass Candric in dem dunklen Schlund, auf den er unaufhaltsam zuschwebte, verschwand.

Also murmelte sie einfach die Worte, die sie da entziffern zu können glaubte. Sie sprach sie mit kräftiger Stimme, weil sie mal irgendwo gehört hatte, dass magische Formeln dann besser wirken würden – vor allem, wenn sie von Personen angewendet wurden, die darin völlig ungeübt waren. Ob das stimmte oder nur eine Legende war, wusste sie nicht. Aber sie wollte nichts unversucht lassen, um Candric doch noch zu retten.

Doch in diesem Augenblick sah sie, wie er kopfüber in den magischen Schlund hineinpurzelte, von ihm aufgesogen und verschlungen wurde. Nur einen Augenaufschlag später war von Candric nichts mehr zu sehen – und ebenso wenig von den Trollen, die mit ihm zusammen in den Schlund gestürzt waren.

Von den Trollen, die den Kreis gebildet hatten und gegen die königlichen Wächter kämpften, sprang nun auch einer nach dem anderen dorthin zurück, woher sie vor Kurzem gekommen.

Kara hatte die Worte der Formel kaum gesprochen, da spürte sie einen unwiderstehlichen Sog. Es war, als ob die Wirkung der Magie nicht verringert, sondern im Gegenteil verstärkt wurde. Eine Kraft riss an ihren Kleidern und zog sie mit sich. Sie wurde aus dem Fenster geschleudert, drehte sich dabei mehrmals über Kopf und schwebte, umgeben von einem magischen Kraftfeld, durch die Luft. Sie ruderte hilflos mit den Armen, dann taumelte sie dem dunklen Schlund immer näher und näher.

Inzwischen waren die meisten Trolle bereits wieder in die Tiefe gesprungen. Und gerade als Kara in den dunklen Schlund hineinfiel, sprang der letzte dieser wilden Krieger in die Tiefe.

Kara blickte auf. Um sie herum war nichts als eine ganz eigenartige Finsternis. Die Kälte die hier herrschte, ging ihr durch Mark und Bein. *Steinkalt!,* dachte sie. Sie sah noch, wie sich der Ausgang des Schlundes über ihr schloss. Dann umgab sie nur noch Dunkelheit, und sie verlor das Bewusstsein.

Im Hof der Königsburg stand unterdessen König Hadran mit gezogenem Schwert vollkommen fassungslos an der Stelle, an der sich gerade noch ein finsterer magischer Tunnel befunden hatte, der geradewegs in eine unbekannte, schwarze Tiefe geführt hatte. Seine Soldaten, die vor Kurzem noch mit den Trollkriegern gekämpft hatten, waren ebenso entsetzt – und natürlich Königin Taleena. »Candric!«, flüsterte sie nur und schüttelte dann stumm den Kopf. Sie musste schlucken. Dann wandte sie sich an ihren Gemahl. »Was ist nur geschehen?«, fragte sie vollkommen verzweifelt.

Der König legte den Arm um die Schultern seiner Frau.

»Auf jeden Fall muss es mit Magie zu tun haben!«

»Und was sollen wir jetzt tun?«

»Trollheim liegt weit im Norden von Athranor«, gab König Hadran zu bedenken. »Ich nehme an, dass die Trolle von dort gekommen sind und mithilfe eines Zaubers einen magischen Tunnel durch die Erde geschaffen haben, sodass sie uns überfallen konnten!«

»Mit Verlaub, Trolle gibt es hin und wieder auch in anderen Gegenden von Athranor, Majestät«, meldete sich einer der Hauptleute der Burgwache zu Wort.

Sein Name war Taraldur und er stammte aus dem fernen Land Ailandia, dessen Ritter dafür bekannt waren, die besten Schwertkämpfer von ganz Athranor zu sein. König Hadran hatte ihn unter anderem auch dafür eingestellt, seine eigenen Soldaten darin zu unterrichten.

»So?«, fragte Hadran.

»In den abgelegenen Gebieten der nördlichen Länder trifft man immer wieder einzelne von ihnen an, wenngleich die meisten natürlich in Trollheim leben.«

»Ihr seid weit gereist und habt viel gehört«, mischte sich nun Königin Taleena ein, die sich einigermaßen gefasst hatte. »Könnt Ihr Euch vorstellen, was Trolle von meinem Sohn wollen? Wieso ziehen sie ihn in ein dunkles Loch und verschwinden in der Erde? Was haben wir ihnen getan?«

»Trolle sind für ihren Eigensinn bekannt«, sagte Taraldur. »Aber dafür, einen Thronfolger zu entführen, gibt es eigentlich nur einen Grund!«

»Und der wäre?«

»Macht! Erpressung! Majestät, jemand, der so etwas tut, will Euch seinen Willen aufzwingen. Nur sieht das den Trollen gar nicht ähnlich …«

»Wieso nicht?«, fragte Taleena. »Nun redet schon! Was wisst Ihr darüber?«

»Leider nicht genug«, gab Taraldur zu.

Der König sah sich unterdessen jene Stelle genauer an, wo sich der dunkle Schlund geöffnet hatte. Er strich mit der Schwertspitze über die Steine, so als könnte er kaum glauben, dass dort jetzt wieder feste Pflastersteine waren, die keineswegs nachgaben oder sich auflösten, wenn man mit der Klinge hindurchzustoßen versuchte.

Doch in diesem Moment geschah etwas Unvorhergesehenes. Ein Blitz zuckte aus dem Boden heraus und tanzte über die Schwertspitze bis zum Griff der Waffe. König Hadran ließ die Klinge vor Schreck zu Boden fallen. Doch der schien plötzlich etwas zu verschwimmen. Das Schwert sank zischend in die Steine hinein, so als wären diese nur ein Spiegelbild auf einem glatten Gewässer.

Im nächsten Moment war das Schwert verschwunden.

Die Magie des magischen Schlundes schien noch ein wenig wirksam zu sein.

Taleena fasste ihn am Arm. »Geht besser ein Stück von hier fort, mein Gemahl! Die Magie …«

»Fünf Männer sollen herkommen!«, rief der König. »Sie sollen die Pflastersteine abtragen und schauen, was darunter ist! Ich will es einfach wissen!«

Der König und die Königin kehrten in den Palast zurück, das prächtige Hauptgebäude der Königsburg inmitten von Aladar, der Hauptstadt des Königreichs Beiderland. Von den Fenstern des großen Thronsaals im Obergeschoss aus konnten sie sehen, was sich im Burghof ereignete. Die Königin seufzte. »Was sollen wir nur tun? Unser Candric in der Hand dieser ... Trolle!«

»Ich will ganz und gar nicht behaupten, das wäre nicht schlimm«, sagte König Hadran, nachdem er einige Augenblicke lang nachgedacht hatte. »Aber andererseits wirst du vielleicht bemerkt haben, dass unser Sohn sich verändert hat.«

»Jedes Kind verändert sich im Laufe der Zeit«, sagte Taleena etwas irritiert. Sie schien nicht so recht zu verstehen, worauf ihr Mann hinauswollte.

»Ich meine damit, dass Candric durch den Zauber von diesem fünfzahnigen Ork namens Moraxx in einen Ork-Körper versetzt wurde – und sich unter diesen wilden Kreaturen gut behaupten konnte, obwohl wir beide ihm das wahrscheinlich nie zugetraut hätten! Vertrauen wir einfach darauf, dass Candric auch mit dieser Situation fertig wird und das Beste daraus zu machen weiß!«

Taleena sah ihren Mann an. »Ich hoffe wirklich, dass du damit recht behältst!«, meinte sie.

Unterdessen hatten die Männer des Königs die Pflastersteine an der Stelle fortgeräumt, an der Hadrans Schwert verschwunden war. Man brachte Hadran eine Probe der Erde, die darunterlag. Sie war magisch verändert, was vor allem daran erkennbar war, dass sie etwas leuchtete, wenn man eine Handvoll von ihr in den Schatten hielt. Der König ordnete daraufhin an, dass auch die darunterliegende Schicht lehmiger Erde auf einer Länge von anderthalb mal anderthalb Schritt abgetragen werden sollte.

»Mein Gemahl, glaubt Ihr, so unseren Sohn zu finden?«, fragte Taleena völlig verzweifelt.

»Nein, aber vielleicht hilft es uns, das Rätsel zu lösen!«

»Ihr werdet auch Karas Eltern über das unterrichten müssen, was geschehen ist!«, gab Taleena zu bedenken. Karas Vater war zurzeit mit seiner Frau zum Hof des benachbarten Königreichs Ambalor gereist, um dort im Auftrag von Hadran und Taleena Geschenke anlässlich eines Thronjubiläums zu überreichen. Wenn sie zurückkamen und feststellten, dass ihre Tochter zusammen mit Prinz Candric von einem magischen Schlund verschlungen worden war, musste diese Nachricht sie wie ein Schlag treffen.

»Zu dumm, dass unser elbischer Freund Lirandil ausgerechnet jetzt nicht hier in Aladar weilt«, meinte Hadran. Lirandil hatte sich verabschiedet, um zurück ins Ferne Elbenreich zu reisen. Da die langlebigen Elben ein ganz anderes Zeitempfinden hatten als Menschen, konnte man nicht wissen, ob er in einigen Wochen, einigen Jahren oder vielleicht erst einigen Jahrhunderten ins Beiderland zurückkehren würde, obwohl er versichert hatte, gerne wieder Gast in Aladar sein zu wollen.

»Hat Lirandil nicht erklärt, dass er zunächst zum Turm des Asanil reiten wolle, um nachzusehen, ob dort alles in Ordnung ist?«, fragte Taleena.

»Das ist richtig«, bestätigte König Hadran.

»Wer weiß, wie lange er sich dort noch aufhält! Ihr kennt ihn doch! Ein Elb nimmt es mit der Zeit nicht so genau und verweilt gerne schon mal ein paar Tage …«

»… oder Jahre!«

»… an einem Ort, der ihm gefällt. Also könnte es sein, dass er zumindest die Grenzen unseres Reiches noch nicht verlassen hat!«

»Dann werde ich ihm Boten hinterherschicken und ihn suchen lassen«, schlug König Hadran vor. »Und es gibt noch jemanden, der uns vielleicht helfen könnte.«

Der König und seine Gemahlin wechselten einen kurzen Blick. Königin Taleena verstand sehr wohl, wen ihr Mann damit meinte. »Ihr sprecht von diesem Ork, dessen Seele einst im Körper unseres Sohnes steckte, nicht wahr?«

König Hadran nickte. »Rhomroor! Die beiden sind wohl immer noch geistig stark miteinander verbunden. Wenn jemand weiß, wo Candric jetzt ist, dann ist es gewiss Rhomroor, der Ork!«

In diesem Moment wurde dem König gemeldet, man habe sein Schwert gefunden.

»Warum hast du es dann nicht mitgebracht?«, herrschte Hadran seinen Diener an.

»Weil das nicht möglich ist, Majestät! Ihr müsst das mit

eigenen Augen sehen, denn sonst würdet Ihr mir nicht glauben!«

Hadran eilte hinaus auf den Burghof. Sein königlicher, in Purpur gehaltener Mantel wehte hinter ihm her. Wenig später hatte er die Stelle erreicht, an der seine Männer zuerst die Pflastersteine und dann auch noch die darunterliegende Erdschicht abgetragen hatten. Diese Erdschicht war einst beim Bau der Burg aufgetragen worden, damit die Pflastersteine eine Unterlage hatten. Darunter lag der blanke Granit des Felsmassivs, auf dem die Burg von Aladar errichtet worden war.

In diesen Felsen war das Schwert des Königs eingelassen – so als wäre es dort vor Jahrtausenden versteinert worden. Ein rostiger Abdruck im Fels. Mehr war von der königlichen Waffe nicht geblieben.

Tief erschüttert wandte sich Hadran ab. Es blieb nur zu hoffen, dass dasselbe nicht mit Candric und Kara geschehen war!

Lirandil, der Fährtensucher, hatte (zumindest seiner Empfindung nach) den Turm des Asanil vor Kurzem verlassen und lenkte nun sein Elbenpferd auf die Grenze zwischen dem Sumpfland und dem Land Rasal zu. Im Osten erhoben sich die mächtigen Felsen des Ork-Gebirges, hinter dem die drei Länder der Orks verborgen lagen: Das West-Orkreich, das Ost-Orkreich und Orkheim. Über die drei

Länder herrschte seit Kurzem ein noch sehr junger Ork, den Lirandil sehr gut kannte: Rhomroor, jener Ork, der einst dazu verflucht gewesen war, Körper und Seele mit Prinz Candric zu tauschen, dem Thronfolger des Beiderlandes. Es war der Plan von Rhomroors Vorgänger im Amt des Ork-Herrn aller drei Länder gewesen, auf diese Weise die Herrschaft über das Beiderland zu erringen. Eines Tages, wenn Candric den Thron bestieg, sollte es insgeheim von einem Ork beherrscht werden – das war die Absicht gewesen. Doch inzwischen war Moraxx, der Fünfzahnige, abgesetzt und durch Rhomroor ersetzt worden. Es hatte Moraxx nicht genügt, über die Orkländer zu herrschen. Er war stattdessen unentwegt bestrebt gewesen, seine Macht mithilfe gestohlener Elbenmagie zu erweitern. Wo er sich jetzt aufhielt, wusste niemand. Als Lirandil Moraxx das letzte Mal begegnet war, hatte dieser mit knapper Not entkommen können. Wahrscheinlich bereitete er an einem geheimen Ort zusammen mit einigen Getreuen, die ihm geblieben waren, die Rückkehr an die Macht vor. So zumindest schätzte der weise Lirandil ihn ein.

Lirandil hielt sein Elbenpferd an. Er drehte sich im Sattel um, denn er hatte etwas gehört. Elben hatten sehr feine Sinne – viel feiner, als es bei allen anderen Geschöpfen der Fall war, die es auf dem Kontinent Athranor gab. Der Elb ließ den Blick über die Landschaft schweifen.

Bis zum Horizont war nichts zu sehen.

Noch nicht!

Aber Lirandil hörte sehr deutlich ein leises Summen. *Eine Riesenlibelle!*, wusste er sofort. König Hadran hatte eine kleine Garde von Libellenreitern an seinem Hof. Lange Flüge führten bei den Riesenlibellen zu einer völligen Erschöpfung, von der sich manche nicht mehr erholten. Deswegen vermied man dies nach Möglichkeit und setzte sie nur ein, um kürzere Strecken zu fliegen. Vor allem im Grenzgebiet zu den Orkländern waren Libellenreiter stationiert. Sie konnten als Kundschafter auch in die unwegsamen Ork-Berge fliegen und sofort Alarm schlagen, falls eine Horde dieser wilden, kriegerischen Scheusale über die Berge kommen sollte, um zu plündern. Seit einiger Zeit herrschte allerdings Ruhe an der Grenze zwischen den Orkländern und dem Königreich Beiderland, sodass die Libellenreiter nicht mehr ganz so dringend in diesem Teil des Landes gebraucht wurden.

Der Libellenreiter tauchte jetzt am Horizont auf. Er kam aus der Richtung, in der die Trutzburg an der Schlangenbucht lag. Dorthin hatten sich bei Ork-Angriffen alle Bewohner dieser Gegend zurückgezogen.

Das Summen wurde lauter. Die Riesenlibelle – ungefähr so groß wie ein Pferd – landete nur wenige Schritte von Lirandil entfernt.

»Seid gegrüßt!«, rief der Reiter und stieg ab. Die Riesenlibelle wirkte vollkommen zahm. Der Reiter hatte sie anscheinend gut unter Kontrolle.

»Seid ebenfalls gegrüßt!«, sagte Lirandil und ließ sich aus dem Sattel gleiten.

»Ihr müsst Lirandil, der Fährtensucher, sein!«

»Das stimmt.« Allzu schwer war das nicht zu erraten, denn erstens stachen Lirandils spitze Elbenohren deutlich durch sein langes Haar hindurch, das ihm bis auf die

Schulter fiel, und zweitens unterschieden ihn auch die sehr schräg gestellten Augen und die bleiche Haut von den Menschen. Außerdem war Lirandil einer der wenigen Elben, die sich überhaupt für die Reiche der Menschen und Orks interessierten. Die Elben lebten in ihrem eigenen fernen Reich jenseits des Elbengebirges und die meisten von ihnen verließen dieses Reich auch nie.

»König Hadran hat eine Brieftaubenbotschaft zur Trutzburg geschickt, die Euch dringend ausgehändigt werden soll«, erklärte der Libellenreiter.

»Dann habt Ihr aber Glück, mich gefunden zu haben«, sagte Lirandil und deutete zum Horizont. »Nur ein paar Meilen und ich hätte die Grenze nach Rasal überschritten – und Ihr wisst, dass die Reiter von Rasal es nicht schätzen, wenn beiderländische Soldaten ihre Grenze verletzen.«

»Wir haben jeden verfügbaren Libellenreiter mobilisiert, um Euch zu finden, Lirandil!«

Der Libellenreiter händigte Lirandil einen versiegelten Brief aus.

Lirandil brach das königliche Siegel und entrollte den Brief. Auf seiner sonst so glatten Stirn bildete sich schon bald eine tiefe Furche. Von einer Entführung des Königssohns durch Trolle war darin die Rede! König Hadran hatte seinen Schreiber in knappen Worten schildern lassen, was mit Candric und Kara geschehen war.

Der König war verzweifelt.

»Richtet dem Königspaar aus, dass ich mich auf den Weg machen werde!«, erklärte Lirandil nachdenklich, woraufhin ihn der Libellenreiter etwas verwirrt ansah. Offenbar wusste er über die Geschehnisse im Palast gar nicht Bescheid, sondern hatte einfach nur die Aufgabe erfüllt, die man ihm aufgetragen hatte, und Lirandil den Brief ausgehändigt.

»Der König erwartet eine Antwort von Eurer eigenen Hand«, erklärte der Libellenreiter. »Ich habe Schreibzeug, sodass Ihr einen Antwortbrief verfassen könnt. Ich werde ihn anschließend zur Trutzburg bringen und von dort aus erreicht er gewiss schnell die Königsburg von Aladar.«

Lirandil atmete tief durch – eine Angewohnheit der Menschen, wenn sie vor einer schwierigen Situation standen. Lirandil hatte diese Angewohnheit offenbar im Laufe der vielen Reisen, die ihn kreuz und quer durch ganz Athranor geführt hatten, übernommen.

So ließ er sich von dem Libellenreiter Schreibzeug und Papier geben, die dieser aus den Satteltaschen holte.

Gerne hätte er dem Königspaar ausgerichtet, es solle sich keine Sorgen machen. Aber Lirandil war jemand, der lieber bei der Wahrheit blieb – und das wäre auf jeden Fall nicht die Wahrheit gewesen.

Candric spürte, wie ihn jemand an der Schulter fasste und rüttelte.

»Candric! Wach doch auf!«

Candric öffnete die Augen und sah in das Gesicht von Kara. Er blinzelte. Sie befanden sich in einer Höhle oder einem Gewölbe, dessen Wände aus Stein waren. Ob das die Natur selbst so hinbekommen hatte oder ob ein Baumeister dafür verantwortlich war, ließ sich auf den ersten Blick nicht sagen. Flackernder Lichtschein erfüllte den Raum. Es war außerdem kalt und roch modrig.

Das Lager, auf dem Candric bis jetzt gelegen hatte, bestand lediglich aus ein paar dahingeworfenen Strohsäcken.

Candric erhob sich. »Wo sind wir hier?«, fragte er Kara, die allerdings ebenso wenig Bescheid wusste.

»Wenn ich das nur wüsste, Candric.«

»Ich bin in diesen magischen Tunnel, oder was auch immer das gewesen sein mag, hineingesogen worden«, stellte Candric nachdenklich fest und rieb sich dabei das Kinn. »Aber was machst du hier?«

»Ich bin ebenfalls in den Bann dieser Magie geraten«, sagte sie. »Und außerdem habe ich den Zauber aus Asanils Buch …« Sie sprach nicht weiter, sondern sah sich stattdessen um.

»Du hast ihn angewendet?«, fragte Candric und war sogleich auf den Beinen.

»Ja – den Zauber, der Magie abschwächen sollte! Aber irgendwie hat das nicht so gewirkt, wie ich gehofft hatte. Und nun ist es weg!«

»Das Buch? O nein!«

»Die gute Nachricht ist, dass keiner von uns Asanils Zorn noch erleben wird, wenn er in tausend Jahren zurückkehrt und feststellt, dass sein Eigentum nicht nur gestohlen, sondern auch noch verbummelt wurde.« Kara runzelte die Stirn. »Als ich in den Schlund fiel, habe ich es fest umklammert! Aber nun ist es nicht mehr da!«

»Bist du schon lange wieder wach?«

»Nein, gerade erst.«

Candric betastete den Gürtel, der sein Wams an der Hüfte zusammenraffte. »Mein Königsdolch ist auch nicht mehr da«, stellte er fest. »Kara, wir sind Gefangene, es ist kein Wunder, dass man uns diese Gegenstände weggenommen hat.«

»Was passiert, wenn Bücher mit Elbenmagie in falsche Hände geraten, haben wir doch bei Moraxx, dem Fünfzahnigen, erlebt!«, gab Kara zu bedenken. »Ich weiß nicht, ob es wirklich weniger gefährlich ist, wenn jetzt Trolle dieses Buch besitzen, als wenn es dieser bösartige Ork wäre!«

Candric sah sich um. Die Höhlenwände waren hoch und kahl. An den Wänden gab es Stellen, an denen flackerndes, rötliches Licht aus dem Gestein herausschien. »Steinfeuer«, murmelte Candric.

»Du weißt, was das ist?«

»Ich habe davon in einem Buch gelesen, das nach den Berichten eines Seefahrers aus Siebenland geschrieben wurde, der Trollheim und seine Hauptstadt Trollhaven besucht hat«, erklärte Candric. »Das Steinfeuer ist eine besondere Trollmagie, mit der diese Geschöpfe für Helligkeit in ihren Höhlen sorgen.«

»Und du meinst – dort sind wir?«, fragte Kara. »In Trollheim?«

Candric zuckte mit den Schultern. »Jedenfalls habe ich nicht davon gehört, dass irgendjemand außer Trollen Steinfeuer erschaffen kann. Zwerge und Elben benutzen Leuchtsteine, aber die haben kein so flackerndes Licht. Sie leuchten zwar sehr lange – manchmal Jahrhunderte – aber nicht aus eigener Kraft, sondern nur, wenn man sie zuvor ins Sonnenlicht gebracht hat. Das Steinfeuer der Trolle soll aber angeblich ganze Zeitalter brennen, ohne zu verlöschen!«

»Eigentlich ist es einleuchtend, dass wir in Trollheim sein müssen«, meinte Kara. »Wo hätten uns die Trolle denn schließlich sonst hin entführen sollen – wo sie doch schon einen magischen Tunnel zur Verfügung hatten, mit dessen Hilfe sie offenbar ohne Weiteres mitten in die Königsburg von Aladar gelangen konnten!«

Candric nickte. »Ja, wohin auch sonst«, murmelte er.

Candric machte ein paar Schritte. Die Höhle, in der sie sich befanden, war recht groß und es gab verwinkelte Ecken und Nischen.

Tropfsteine wuchsen wie Säulen von der Decke bis zum Boden und versperrten manchmal den Blick. Candric entdeckte nun eine schwere eisenbeschlagene Tür auf der anderen Seite des Gewölbes. Er zögerte nicht lange und lief sofort zu ihr. Kara folgte ihm.

Candric versuchte die Tür zu öffnen, aber sie war fest verschlossen. Es gab nicht einmal ein Gitterfenster oder etwas Ähnliches, durch das man einen Blick hinaus werfen konnte.

Der Thronfolger von Beiderland hämmerte mit den Fäusten gegen die Tür. »He, ist da jemand?«, rief er.

Dann lauschten sie beide. In der Ferne glaubten sie murmelnde Stimmen zu hören. Aber wem auch immer diese Stimmen gehören mochten, Candrics Klopfen und sein Rufen schien niemand bemerkt zu haben.

»Nicht so laut bitte!«, meldete sich hinter ihnen plötzlich eine Stimme zu Wort. »Das ist ja unerträglich.«

Die Stimme benutzte die Sprache der Menschen, redete aber mit Akzent. Außerdem kam sie Candric sofort bekannt vor.

Kara und der Prinz drehten sich beide im selben Moment um und ließen suchend den Blick schweifen. Aber sie konnten nirgends jemanden erkennen. Der flackernde Schein des Steinfeuers ließ überall Schatten an den Höhlenwänden tanzen. Es gab Nischen und Ecken, in die kein Licht drang oder die durch Tropfsteinsäulen verdeckt wurden.

»Wer ist da?«, fragte Kara.

»Bedenkt ihr Menschen eigentlich niemals das Echo, das in so einer Höhle entsteht, wenn man so laut herumschreit?«, fragte die Stimme. »Ah, das ist ja unerträglich. Ich weiß gar nicht, wie der arme Lirandil es auf seinen Reisen so lange in den lärmenden Reichen der anderen Völker aushalten konnte.«

Schritte waren jetzt zu hören – oder eher zu ahnen, denn derjenige, der diese Worte gesprochen hatte, ging beinahe lautlos.

Eine Gestalt trat nun aus einer der Schattennischen heraus. Das Steinfeuer fiel in ein bleiches elfenbeinfarbenes Gesicht. Spitze Ohren stachen durch dunkles, bis zu den Schultern herabreichendes Haar hindurch.

Ein Elb!, durchfuhr es Candric – und er erkannte ihn.

»Prinz Eandorn!«, entfuhr es Kara.

Zusammen mit Asanil und Lirandil waren Candric, Kara und der Ork Rhomroor vor einiger Zeit im Fernen Elbenreich gewesen, denn Moraxx, der Fünfzahnige, hatte versucht, sich der magischen Kräfte des Großen Elbensteins zu bemächtigen.

Bei dieser Gelegenheit hatten sie auch den jungen Prinzen Eandorn kennengelernt. Er war der Sohn des Elbenkönigs Péandir.

Auch wenn Eandorn so aussah, als wäre er im gleichen Alter wie Candric, so musste das nichts heißen, denn Elbenkinder bestimmten selbst, wie schnell sie wuchsen und wann sie erwachsen wurden. Bei manchen war das viel schneller als bei Menschen der Fall, andere brauchten dafür Jahrhunderte und es gab Gerüchte über einzelne Elbenkinder, die niemals erwachsen wurden.

»Mir ist, als hätten wir uns gerade erst auf der Burg meines Vaters gesehen und miteinander gesprochen«, bekannte Eandorn. »Jedenfalls bin ich froh, dass ich nun Gesellschaft habe, auch wenn ich mein feines Elbengehör wohl etwas abschirmen muss, damit ich euren Krach ertrage!«

»Es ist Monate her, seit wir uns gesehen haben«, stellte Candric fest. Aber da zeigte sich offenbar wieder einmal das völlig unterschiedliche Zeitempfinden von Elben und Menschen. Der junge Elb schloss für einen Moment die Augen, so als müsste er sich auf etwas konzentrieren. Dann murmelte er etwas in elbischer Sprache vor sich hin. Candric vermutete, dass es sich um eine magische Formel handelte, die ihm dabei half, seine Ohren etwas weniger empfindlich zu machen.

Als Eandorn die Augen wieder öffnete, wandte er den Blick Kara zu. »Dein Name ist mir nicht in Erinnerung geblieben«, erklärte er.

»Warum auch – wahrscheinlich hast du ohnehin nicht damit gerechnet, dass wir uns zu Lebzeiten noch mal begegnen könnten«, sagte sie. »Ich bin Kara …«

»Kara …«, wiederholte Eandorn nachdenklich. »Candric! Tu mir einen Gefallen, verfüge in deinem Testament, dass dein Sohn und die Söhne deiner Söhne und deren Söhne auch wieder Candric heißen sollen!«

»Wieso das denn?«, fragte Candric etwas überrascht darüber, weshalb der Elbenprinz jetzt auf dieses Thema kam.

»Als wir beide uns das letzte Mal unterhielten, sagte ich dir, dass mein Vater wahrscheinlich noch Jahrtausende auf seinem Thron sitzen wird und es daher wohl noch sehr lange dauern dürfte, bis ich eines Tages seine Nachfolge antrete. Aber falls er mich zwischenzeitlich mal in irgendwelchen Staatsgeschäften in dein Reich schicken sollte, brauche ich mir nicht andauernd neue Königsnamen zu merken!«

»Ich werde darüber nachdenken«, sagte Candric stirnrunzelnd. Dabei überlegte er, ob die Bemerkung des Elbenprinzen vielleicht witzig gemeint war. Allerdings war Candric im Moment einfach nicht zum Lachen zumute. Da spielte es auch kaum eine Rolle, ob er diesen Elbenspaß nun mehr oder weniger gut verstanden hatte. Die Lage war einfach zu ernst, fand er. Aber Eandorn schien das alles aus irgendeinem Grund sehr viel gelassener zu nehmen.

»Ich hatte mich etwas in geistige Versenkung begeben«, sagte Eandorn. »Deswegen habe ich auch nicht mitbekommen, wie man euch hier hereingebracht hat!« Er zuckte mit den Schultern.

»Wie bist du überhaupt hierhergekommen?«, fragte Candric.

»Im Thronsaal meines Vaters öffnete sich ein dunkler Schlund! Trolle sprangen heraus und griffen die anwesenden Elben an. Gleichzeitig packten einige von ihnen mich und zogen mich mit sich. Prinz Sandrilas versuchte noch, mich aus der Gewalt der Trolle zu befreien, und wäre um ein Haar selbst mit in den magischen Tunnel gerissen worden. Im nächsten Augenblick war ich hier, in dieser Höhle!«

»Du warst nicht bewusstlos?«, fragte Kara.

»Nein. Vielleicht liegt das daran, dass wir Elben etwas mehr an die Auswirkungen von Magie gewöhnt sind als ihr Menschen. Die Trolle haben mir mein Schwert weggenommen und mich dann hier zurückgelassen. In mehr oder weniger regelmäßigen Abständen bringen sie mir etwas zu essen vorbei. Allerdings ist das meist schlicht ungenießbar!« Eandorn zuckte mit den Schultern. »Trollfraß eben! Aber glücklicherweise macht es einem Elb ja nicht allzu viel aus, für einige Zeit auch mal ohne Nahrung auszukommen.«

Candric und Kara wurde allein schon bei dem Gedanken ganz mulmig, möglicherweise zu ihren anderen Problemen sehr bald auch noch einen knurrenden Magen zu haben.

»Glaubst du, dein Vater wird etwas unternehmen?«, fragte Candric.

»Natürlich wird er das! Er ist ja schließlich der Elbenkönig, und die Trolle sind unsere alten Feinde. Allerdings liegt diese Feindschaft schon sehr lange zurück. Jedenfalls habe ich vorhin, als ich in geistiger Versenkung war, versucht, eine innere Verbindung zu meinem Vater aufzunehmen. Aber ich fürchte, dass ihn meine Gedanken nicht erreicht haben.«

»Warum nicht?«, fragte Candric.

Eandorn zuckte mit den Schultern. »Ich weiß es nicht. Wenn Elben sich sehr nahestehen, können sie manchmal die Gedanken des anderen auch über große Entfernungen hinweg spüren, aber vielleicht sind mein Vater und ich einfach zu verschieden.«

Candric hatte noch gut in Erinnerung, dass Eandorn ihm davon erzählt hatte, er sei der Meinung, die Elben sollten mutiger sein und ihr Reich verlassen, um irgendwo die Gestade der Erfüllten Hoffnung zu finden. Ein Land, in dem Träume in Erfüllung gingen und die Elben vielleicht wieder neuen Mut schöpfen konnten. Denn seit langer Zeit nahm die Kraft ihrer Magie ab. Aber König Péandir war in diesen Dingen anderer Ansicht. Er wollte nicht, dass sich irgendetwas änderte. Alles sollte so bleiben, wie es schon immer gewesen war. Aus diesem Grund hatte sich König Péandir auch mit dem Elbenmagier Asanil zeitweilig völlig zerstritten, weil der Elbenkönig nicht einsah, weshalb der Magier etwas so Unsinniges wie ein Himmelsschiff erfinden konnte! Schließlich hatte ein Elb doch alle Zeit der Welt, um auf ganz gewöhnliche Weise an jeden Ort zu kommen, den er sich zum Ziel erwählt hatte. Was brauchte man da eine Erfindung, bei der eine so gefährliche Magie zum Einsatz kam? Vor Asanils Abreise hatte sich der Magier zwar mit dem König versöhnt, aber wirklich überbrückt waren die Gegensätze natürlich nicht.

Candric runzelte die Stirn. »Nur wegen ein paar Meinungsverschiedenheiten klappt es nicht, dass deine Gedanken deinen Vater erreichen?«, wunderte sich Candric.

»Nun, die Wahrheit ist, dass ich nicht weiß, ob meine Gedanken ihn erreicht haben. Jedenfalls habe ich nichts gespürt, das sich als Antwort hätte deuten lassen«, erklärte Eandorn. »Aber ansonsten hast du mit deinen Worten leider recht. Ein paar kleine Meinungsverschiedenheiten, wie du es nennst, reichen völlig aus, um eine Gedankenverbindung unmöglich zu machen. Und davon abgesehen, wird die Elbenmagie ja ohnehin immer schwächer. Es könnte also auch damit zu tun haben.«

»Also, seit meine Seele zum ersten Mal den Körper mit dem Ork Rhomroor getauscht hat, sind wir immer in geistiger Verbindung geblieben – und was für einen größeren Unterschied könnte man sich schon denken als den zwischen einem Prinzen aus Beiderland und einem Ork, der sich in der Schlammgrube suhlt und Riesenschrecken aus der Luft fängt, um anschließend ihre Panzer mit seinen Hauern zu knacken und sie herunterzuwürgen?«

»Das kann man nicht vergleichen«, meinte Eandorn. »Du bist ein Mensch und ich bin ein Elb.«

»Abgesehen davon ist deine Verbindung zu Rhomroor in letzter Zeit schwächer geworden«, gab Kara zu bedenken. »Das hast du mir selbst erzählt!«

»Ja, das ist wahr«, gab Candric zu – und irgendwie bedauerte er das. Denn auch wenn sich Rhomroor und Candric unter sehr widrigen Umständen kennengelernt hatten und trotz ihres Seelentauschs sehr verschieden geblieben waren, hatte sich doch eine Freundschaft zwischen ihnen entwickelt.

»Du solltest versuchen, jetzt mit ihm in Verbindung zu treten«, schlug Kara vor. »Oder hast du es schon getan?«

»Nein«, räumte Candric ein.

»Dann versuch es! Es wäre doch möglich, dass er uns helfen kann!«

»Ich bezweifle, dass er sich darum kümmern kann«, meinte Candric.

»Wieso denn nicht?«, fragte Kara.

»Seitdem er Anführer aller drei Orkländer geworden ist, hat er alle Pranken voll zu tun, denke ich. Und davon abgesehen – wie sollte er uns denn helfen?«

»Er wird schon einen Weg finden«, war Kara überzeugt. Sie wandte sich an Eandorn. »Sind wir hier wirklich in Trollheim?«

»Wo sonst?«, fragte Eandorn und deutete auf eines der Steinfeuer. Als er dem flackernden Licht, das durch die Felswand hindurchschimmerte, zu nahe kam, sprang ein kleiner Blitz heraus und fuhr in die Spitze von Eandorns Zeigefinger. Aber das schien diesen nicht weiter zu stören. »Abgesehen davon höre ich das Rauschen eines Flusses«, erklärte er dann.

Kara runzelte die Stirn.

»Was für ein Fluss?«, fragte sie etwas irritiert.

»Soweit ich gelesen habe, liegt die Trollheimer Hauptstadt Trollhaven an der Mündung eines unterirdischen Flusses«, erklärte Candric.

Eandorn hob die schräg gestellten Augenbrauen. »Du scheinst ja einiges über die Heimat der Trolle zu wissen!«, stellte er überrascht fest. »Aber du hast recht! Dieser unterirdische Fluss zieht sich durch das ganze Land. An ihm liegen zahllose Trollhöhlen. Und die größte von ihnen ist die sogenannte Halle des Trollkönigs, in dem er Hof hält und von wo aus er sein Land regiert. Ich wette, dass wir uns in einem Verlies befinden, das ein Teil dieser Höhle ist.« Eandorn machte einen Augenblick lang ein etwas angestrengtes Gesicht, so als müsste er sich große Mühe geben, irgendetwas zu hören. »Es passt alles zusammen. Ich höre viele Trollstimmen, ich höre ihre stampfenden Schritte und ich höre das Fließen des Flusses und das Echo, das dadurch entsteht, dass er unterirdisch fließt und dabei so manches Höhlengewölbe durchquert. Eigentlich ist damit alles klar.«

»Und weshalb haben die Trolle gleich zwei Königssöhne gefangen genommen?«, fragte Kara und verschränkte die Arme vor der Brust. »Ich selbst zähle ja nicht in dieser Rechnung. Schließlich bin ich nur mehr oder minder zufällig mit in den magischen Abgrund gelangt.«

»So, wie es um ein Haar Prinz Sandrilas passiert wäre«, nickte Eandorn. »Er hat sich mit gleich drei Trollen unterschiedlicher Größe einen dramatischen Schwertkampf geliefert, bis die drei Trolle dann der Reihe nach ebenfalls in den Schlund gesprungen sind.« Eandorn zuckte mit den Schultern. »Mit mir hat bisher niemand gesprochen. Ich bekomme von den Trollen meine Verpflegung, aber es redet keiner von ihnen mit mir oder würde mir auch nur die kleinste Auskunft geben!«

»Diese Überfälle sowohl auf den Königspalast in Aladar als auch im Thronsaal von Péandirs Burg müssen von langer Hand vorbereitet gewesen sein«, vermutete Kara.

»Solange ich allein hier ausgeharrt habe, dachte ich, dass es den Trollen vielleicht darum geht, dem Elbenreich mal wieder zu schaden. In früheren Zeitaltern gab es schließlich immer wieder erbitterte Kriege zwischen unseren Völkern.« Prinz Eandorn richtete nun den Blick auf Candric. »Aber jetzt muss ich da wohl umdenken. Es muss noch sehr viel mehr dahinterstecken, obwohl ich mir im Augenblick nicht vorstellen kann, was genau das sein könnte.«

Kara wandte sich an Candric. »Versuche, eine geistige Verbindung zu Rhomroor herzustellen und sag ihm alles, was wir jetzt wissen! Vielleicht kann Rhomroor einen Boten nach Aladar schicken, sodass man am Hof überhaupt weiß, was mit uns geschehen ist und an welchem Ende der Welt man anfangen soll, uns zu suchen.«

»Gut«, nickte Candric.

In Gedanken rief er nach Rhomroor. *Wo bist du, alter Ork-Freund?*

Rhomroor stieß einen durchdringenden Schrei aus. Der Herr aller Orks der drei Orkländer stand breitbeinig da, umfasste mit seinen Pranken ein riesiges, sensenartig geformtes Schwert und riss sein Maul weit auf. Der Schrei war so heftig, dass eine Menge Schleim zwischen den vier spitzen Hauern aus Rhomroors Rachen spritzte und es tief in seiner Kehle auch noch laut gurgelte.

Rhomroor hatte vor Kurzem erst ein ordentliches Schlammbad genommen, sodass sein Gewand nun vor Dreck starrte, wie sich das für einen Ork gehörte. Als

Harnisch verwendete er mit Draht untereinander befestigte Teile eines Pferdekäfer-Panzers. Pferdekäfer kamen vorwiegend in einer Region des West-Orkreichs vor, die man die Aschedünen nannte. Der Name dieser Käfer rührte daher, dass sie ungefähr die Größe eines Pferdes hatten. Zu versuchen auf ihnen zu reiten, war allerdings nicht empfehlenswert, denn sie waren erstens sehr aggressiv und zweitens so giftig, dass selbst Orks einen toten Pferdekäfer erst gründlich auskochten, bevor er ihnen als Festmahl diente.

Das Schwert in Rhomroors Hand war eine besondere Klinge und ein Geschenk des Herrn der Ork-Stadt an den viel zu jungen Ork-Herrscher gewesen. Wenn man den Griff mit beiden Pranken sehr fest umklammerte und dazu einen Schrei ausstieß, geriet das auf spezielle Weise geschmiedete Metall in Schwingung. Dadurch wurde ein durchdringender Ton erzeugt. Wilde Tiere ließen sich damit genauso vertreiben wie die meisten Feinde. Mitunter konnte der Ton dermaßen schneidend werden, dass er sogar Glas und Stein zerspringen ließ.

Der Ton war so furchtbar, dass Rhomroor selbst ihn kaum zu ertragen vermochte. Aber er musste ihn aushalten, denn es galt einen Kampf zu gewinnen, von dem sein eigenes Leben und die Zukunft des Orkreichs abhingen.

Während Rhomroor seinen Schrei ausstieß und das »Singende Schwert« in seinen Pranken diesem Namen alle Ehre machte, kam ein gewaltiger vielköpfiger Geier auf ihn zugeflogen. Mindestens ein Dutzend Köpfe unterschiedlicher Größe besaß dieses Ungeheuer. Die Flügelspannweite betrug eine ganze Schiffslänge. Die Krallenfüße waren ausgestreckt, wie bei einem Adler, der vom Himmel herabstürzte, um seine Beute zu fassen.

Von den Köpfen waren mindestens drei so groß, dass ein Bissen ausgereicht hätte, um Rhomroor bis zur Hüfte in ihren Rachen verschwinden zu lassen. Die anderen Köpfe waren kleiner, aber immer noch höchst gefährlich. Das galt für jeden einzelnen von ihnen. Ihre genaue Anzahl schwankte im Übrigen. Die Köpfe wuchsen aus dem Rumpf des Riesenvogels heraus – manchmal konnte man ihnen dabei fast zusehen, so schnell ging es! Als ob eine geheime Magie ihr Wachstum beschleunigte. Doch immer wieder kam es vor, dass sich die einzelnen Köpfe untereinander nicht vertrugen und es zu heftigen Auseinandersetzungen kam. So hing auch bei diesem Anflug einer der Köpfe schlaff herab. Er war von seinen Mitköpfen so blutig gehackt worden, dass er wohl nicht mehr zu retten war. Noch während des Anflugs zerfiel dieser Kopf zu Staub und ein neuer begann nachzuwachsen.

Doch der Klang des Singenden Schwertes ging dem Riesengeier offenbar durch Mark und Bein. Fast alle Schnäbel stießen nun im selben Moment ein lautes Krächzen aus. Der Geier flatterte mit den Flügeln. Der durchdringende Ton verwirrte das Monstrum so sehr, dass es in der Luft zu taumeln begann.

Rhomroor ließ einen weiteren Schrei folgen und wirbelte das Schwert dabei durch die Luft. Das Singende Schwert heulte förmlich auf. Die Töne waren so schrill, dass der Ork selber glaubte, von nun an taub zu sein.

Der Riesengeier gewann wieder an Höhe. Er flog einen Kreis. Manche der Köpfe hackten sich gegenseitig mit ihren Schnäbeln oder bissen sich in die dazugehörenden Hälse. Der Ersatzkopf für den, der zu Staub zerfallen war, erreichte inzwischen eine Größe, die bereits ungefähr dem Unterarm eines Menschen entsprach. Ein so schnelles Wachstum war schon sehr ungewöhnlich. Rhomroor kannte kein anderes Geschöpf in den drei Orkländern – und vielleicht sogar in ganz Athranor! –, das zu einem so schnellen Wachstum imstande gewesen wäre. Kreischend und krächzend flog der Riesengeier wieder in Richtung Horizont.

Das Singende Schwert verstummte ziemlich bald.

Rhomroor atmete tief durch. Sein mächtiger, mit Platten aus Pferdekäfer-Panzer besetzter Brustkorb hob und senkte sich so stark, dass sogar etwas getrockneter Schlamm von seiner Haut bröckelte – worauf der Ork es nun wirklich überhaupt nicht abgesehen hatte.

Das wird nicht sein letzter Angriff sein!, war Rhomroor überzeugt. Unterdessen brandete Beifall in Form von lauten Schreien, Getrommel auf dem Brustkorb und aus der Tiefe des Kehlkopfes kommendem Rülpsen auf.

Mehrere hundert Orks standen in der Nähe und machten sich auf diese Weise bemerkbar. Manche klopften auch mit ihren Streitäxten und Schwertern gegen die Schilde, um auf diese Weise ihrer Freude darüber Ausdruck zu verleihen, dass Rhomroor es geschafft hatte.

Zumindest fürs Erste!, überlegte Rhomroor. Denn das war bereits der dritte Angriff des Riesenvogels, den er abgewehrt hatte. Er kreiste seit geraumer Zeit über der Gegend und versetzte selbst hartgesottene Orks in Angst und Schrecken.

Von Rhomroor, dem Anführer aller Orks, erwartete man, dass er diesen Schrecken vertrieb.

»Jetzt jubeln sie«, sagte Brox – ein Ork, der zu Rhomroors getreuen Gefährten und Unterstützern gehörte. Er trat etwas näher. »Aber du weißt, dass der Kampf nur ein Unentschieden war!«

»Das ist mir klar«, bestätigte Rhomroor und ließ ein eindrucksvolles Rülpsen hören, das sogleich von einer ganzen Reihe anderer Ork-Krieger erwidert wurde.

»Der Geier wird wiederkommen. Nicht heute – aber bald!«

»Dann werde ich ihn eben noch einmal davonjagen!«, knurrte Rhomroor. Er steckte das Singende Schwert in das Futteral, das er auf dem Rücken trug, und blickte dem Vogel nach, der inzwischen schon ein ganzes Stück nach Süden geflogen war – in Richtung der Aschedünen. Schon bald war er nicht mehr zu sehen. Aber Brox hatte recht. *Er wird zurückkehren,* ging es Rhomroor durch den Kopf. *Und ich habe noch immer kein Mittel gefunden, womit ich ihn auf Dauer vertreiben, geschweige denn vernichten könnte!*

Der Geier war einfach zu stark. Im ersten Kampf hatte es Rhomroor noch geschafft, ihm zwei Köpfe abzuschlagen, und sich selbst dabei in allergrößte Gefahr gebracht. Aber das hatte das Tier umso wütender gemacht. Davon abgesehen waren die abgeschlagenen Köpfe bereits nachgewachsen, ehe es Rhomroor gelungen war, den Riesengeier zu vertreiben.

Brox legte seine Pranke auf Rhomroors Schulter und sagte leise und vom gurgelnden Gluckern seines Magens überlagert: »Wer weiß, was passiert wäre, wenn sich die

Köpfe des Geiers nicht gegenseitig so feindlich gesonnen wären!«

»Ich weiß!«, murmelte Rhomroor.

»Dann würde dir vermutlich selbst das Singende Schwert nicht helfen.«

Rhomroor musste zugeben, dass Brox vermutlich recht hatte. Und schlimmer noch: Irgendwann würden auch die anderen Orks das bemerken.

»Wie lange wird es diesmal dauern, bis der große Geier zurückkehrt?«, dröhnte eine besonders laute Ork-Stimme.

Das war Parrgarr, der Herr der Schädelburg. Er überragte fast alle anderen Orks um eine Kopflänge. Seine Arme waren ungewöhnlich kräftig und gegen seine Pranken wirkte so manche Schaufel, wie die Menschen sie benutzten, klein und zierlich. Parrgarr war schwer bewaffnet. Er trug mehrere Keulen am Gürtel und eine gewaltige Steinaxt auf dem Rücken. In jedem seiner Stiefel steckten ein großer und ein kleiner Wurfdorn, geformt aus den angespitzten Knochen einer Hornechse. Die vier Hauer, die aus seinem Maul noch weiter herausragten, als es bei den meisten anderen Orks der Fall war, waren bei Parrgarr von Geburt an besonders spitz, sodass er sich schon wiederholt selbst daran verletzt hatte. Sein Harnisch unterschied sich sehr auffällig von der Rüstung aller anderen Orks, denen Rhomroor je begegnet war. Manche Orks benutzten Stücke aus den Panzerungen von Riesenskorpionen oder Pferdekäfern für ihre Harnische. Andere zogen Panzerstücke der Riesenschildkröten vor, die an den Küsten des Ost-Orkreichs sehr häufig anzutreffen waren. Und wieder andere vertrauten Metallplatten oder ließen sich in langwieriger Kleinarbeit Kettenhemden anfertigen. Etwas einfacher war es, solche Rüstungsteile einfach irgendwelchen besiegten Feinden abzunehmen, was allerdings den Nachteil hatte, dass diese Teile dann oft nicht richtig passten oder so aufwendig bearbeitet werden mussten, dass man auch gleich etwas Neues hätte herstellen können.

Parrgarr allerdings konnte weder Metalle noch die Panzerungen irgendwelcher Tiere auf seinem Körper ertragen. Er bekam davon einen furchtbaren Ausschlag, der ihn dazu veranlasste, sich so lange zu kratzen, bis kein bisschen getrockneter Schlamm mehr in seinen Poren und Falten zu finden war. Das wiederum war für einen Ork nicht nur ungesund, sondern konnte schwere Schäden nach sich ziehen. Ein Ork ohne Schlamm wurde häufig traurig und bekam Atemnot, wenn er den vertrauten Geruch der heimatlichen Schlammgrube nicht andauernd mit sich trug. An dieser Krankheit, die man Schlammtrauer nannte, konnte ein Ork sogar sterben.

So hatte Parrgarr von frühester Jugend an ein Hemd aus verdrahteten Steinen getragen, das niemand anderes als er selbst überhaupt hochheben konnte.

Viele sagten, dass Parrgarr nur durch das Tragen seiner Steinrüstung so unglaublich stark geworden war, und es gab einige Orks, die es ihm deswegen nachgemacht hatten – allerdings ohne Erfolg. Die Schwierigkeiten begannen nämlich schon damit, dass kaum ein anderer Ork die Geduld aufbrachte, unzählige Steine zu durchlöchern und dann Drahtschlaufen durch sie hindurchzuziehen. Für Parrgarr hatte das seine Mutter gemacht, denn er war ihr einziges Kind und stand ihr besonders nahe.

»Gehen wir zurück zur Burg und warten ab, was geschieht«, knurrte Parrgarr. Er verzog das Maul und fügte spöttisch hinzu: »Natürlich nur, falls es dir recht ist, großer Anführer!«

»Es ist mir recht«, sagte Rhomroor etwas ärgerlich. Was hätte er auch sonst sagen sollen?

Er konnte dem Riesengeier schließlich schlecht in Richtung der Aschedünen folgen. Das Ungeheuer war sowieso schneller als er. Nicht einmal die besten Läufer oder Hornechsenreiter hätten es einholen können.

Ganz in der Nähe ragten die Mauern der Schädelburg auf, dahinter rauschte das Meer.

Die Schädelburg war in einen versteinerten Affenschädel von der Größe eines Felsmassivs hineingehauen worden. Wann ein so großes Affenvolk in Athranor gelebt hatte, wusste niemand. Das musste schon unvorstellbar lange her sein – noch vor jener Epoche, die die Elben die Alte Zeit nannten, in der es noch keine Menschen auf dem Kontinent Athranor gegeben hatte.

Jedenfalls hatten Wind und Wetter irgendwann diesen völlig versteinerten Schädel freigelegt, und nun diente er als Burg.

»Nimm dich vor Parrgarr in Acht«, raunte Brox Rhomroor zu, während sie dem Herrn der Schädelburg folgten. »Der will selbst Ork-Herr werden.«

»Glaubst du, das wüsste ich nicht?«, gab Rhomroor zurück. »Aber solange er diesen Geier nicht besiegen kann, kann er auch so einen Anspruch nicht stellen!«

»Du aber vielleicht schon bald auch nicht mehr – falls du es nicht schaffst!«

Rhomroor blieb stehen. Dann packte er Brox und schubste ihn, sodass er zu Boden ging. Brox konnte Rhomroor im letzten Moment am Gelenk der linken Pranke fassen. So wurde Rhomroor mit zu Boden gerissen. Die beiden wälzten sich im Staub, rollten übereinander und jeder versuchte die Oberhand zu gewinnen, bis es Brox schließlich gelang, Rhomroor von sich zu stoßen – und zwar so heftig, dass dieser fast fünf Schritt weit durch die Luft flog und dann ziemlich unsanft landete.

Beide standen sofort wieder auf. Sie knurrten.

Das gehörte dazu, aber wirklich ernst meinten sie es in diesem Augenblick nicht. Echte Feindschaft sah unter Orks ganz anders aus.

»Ich würde vorschlagen, ihr kämpft in unserer Schlammgrube weiter«, meinte Parrgarr und ließ dann ein dröhnendes Gelächter hören, in das die meisten seiner Ork-Krieger sofort einfielen. ›Niemand schreit für sich allein‹, so hieß ein von den Orks oft zitiertes Gesetz, das in nahezu allen Stämmen der drei Orkländer akzeptiert wurde – selbst in der Orkstadt, in der ansonsten manches etwas anders zuging als im Rest der Orkländer, was damit zu tun hatte, dass sich dort inzwischen auch eine ganze Reihe von menschlichen Kaufleuten niedergelassen hatte. Und die hatten nun einmal andere Vorstellungen davon, was Recht war. Jemanden allein schreien zu lassen, wenn er

Schmerz oder Wut fühlte, galt als unorkisch. Wie konnte man jemanden mit so starken Gefühlen sich selbst überlassen? Kein Ork hätte das verstanden, weswegen meist ein ohrenbetäubendes Gebrüll losging, sobald einer von ihnen schrie. Für das Lachen galt das mindestens genauso wie für den Schmerzensschrei.

Rhomroor und Brox rappelten sich wieder auf.

»Wir haben alles geklärt, was es zu klären gab!«, meinte Rhomroor.

»Eigentlich überflüssig, dieser Kampf«, stellte Brox fest.

Rhomroor versuchte, ein möglichst tiefes Rülpsen hinzubekommen. »Wieso das denn?«, fragte er fast gleichzeitig, sodass sich seine Stimme überschlug und seine letzten Worte in einem unbeabsichtigten hellen Kiekslaut endeten.

»Na, weil doch sowieso von Anfang an feststand, wer von uns beiden der Stärkere ist«, erklärte er, und das Gurgeln in seiner Kehle klang fast wie ein Kichern.

Sie erreichten das Burgtor. Es war in das geöffnete Affenmaul eingelassen. Ein paar Ork-Krieger öffneten es, und so konnten sie eintreten. Ein Gang erstreckte sich vor ihnen. Fackeln loderten an den Seiten. Nahezu der gesamte zu Stein gewordene Riesenaffenschädel war inzwischen von den Orks ausgehöhlt worden. Von dem eigentlichen Schädelknochen war schon seit vielen Zeitaltern nichts mehr vorhanden, denn er war zu einem großen Fels geworden. Nur die Form war erhalten geblieben. Nach und nach hatte man immer weitere Gänge und Räume hineingeschlagen. Eine Wendeltreppe führte nach oben und wenig später standen Rhomroor, Brox und Parrgarr oben auf dem Affenschädel. Dort hatte man ein Plateau mit Wehrmauern aus dem Stein herausgeschlagen. Die Zinnen hatten die Form von Ork-Hauern.

Von den Zinnen der Schädelburg aus war es bei gutem Wetter möglich, auf der anderen Seite der Meeresbucht die Leuchtfeuer an der Küste von Rasal zu sehen. Im Westen reichte der Blick bis zu den schroffen Gipfeln des Orkgebirges und im Süden war in der Ferne ein dunkles Band am Horizont zu erkennen. Das war der Beginn der Aschedünen – und in diese Richtung hatte der Riesengeier sich verzogen.

»Ich bin gespannt, was du dir für den dritten Kampf mit dem Biest ausdenkst, Anführer«, lachte Parrgarr. »Aber wer die Drachen vertreiben konnte, der vermag doch sicherlich auch einen Riesengeier unschädlich zu machen.«

»Du hast mich gerufen und in großer Verzweiflung um Hilfe gebeten«, gab Rhomroor zu bedenken.

»Du willst mich beleidigen?«, fragte Parrgarr etwas unwirsch und trommelte sich anschließend auf den Brustkasten.

Aber Rhomroor hatte sich genau überlegt, was er sagte. Dass es klüger war, seinem Ärger manchmal nicht völlig ungehemmt Luft zu machen, hatte er von den Menschen gelernt, als er im Körper des Prinzen Candric gelebt hatte.

Er wollte Parrgarr keineswegs beleidigen – musste ihm aber deutlich machen, wer das Sagen hatte. Zwar hatte Parrgarr Rhomroor bisher unterstützt, aber in Wahrheit träumte der Herr der Schädelburg davon, eines Tages selbst zum Ork-Herrn aller drei Länder aufzusteigen! Bislang hatte er es allerdings nicht einmal bis zum Ork-Herrn des West-Orkreichs geschafft.

»Ich will dich nicht beleidigen, denn du bist mein treuer Gefährte und wir rülpsen im selben Ton.«

»Ich bin froh, das zu hören, mein Ork-Herr!«, sagte Parrgarr. »Und so höre auch du die Bekräftigung meiner Freundschaft und teile meinen Atem!« Daraufhin ließ der Herr der Schädelburg ein so lautes Rülpsen ertönen, dass die um sie herum stehenden Orks sofort miteinstimmten und man für einige Augenblicke denken konnte, dass jemand auf die wahnwitzige Idee gekommen war, eine Herde Walrösser auf die Burg zu bringen. Parrgarrs Atem roch aasig mit einer Note von überwürzter Riesenschrecke, wie man sie gerade in diesem Teil des West-Orkreichs gerne aß.

Die Höflichkeit gebot allen, tief durchzuatmen und den Atem der anderen zu teilen, wie es so schön hieß. Denn das war das Zeichen wahrer Freundschaft. Teilte man schon die Luft miteinander, so glaubte man bei den Orks, dann konnte man sich auch über alles andere einig werden.

»Aber du solltest auch hören, was die Wahrheit ist«, sagte Rhomroor. »Denn wer den Atem teilt, sollte auch die Wahrheit teilen.«

»Und was ist die Wahrheit, die du teilen willst?«, fragte Parrgarr.

»Die Wahrheit ist: Wenn du imstande wärst, den Riesengeier selbst zu besiegen, dann hättest du es längst getan!«

Ein tiefes Grunzen drang aus dem Maul von Parrgarr,

das allerdings dabei geschlossen blieb. Nur die Hauer schauten wie üblich hervor, aber die Lippen waren fest aufeinandergepresst.

Parrgarr gefiel natürlich nicht, was Rhomroor gesagt hatte. Aber es war nun mal die Wahrheit, Parrgarr selbst wusste das ganz genau.

Einige Augenblicke herrschte angespannte Stille. Alle Ork-Augen waren auf Parrgarr und Rhomroor gerichtet. *Wir sind aufeinander angewiesen!*, dachte Rhomroor. *Ich brauche seine Unterstützung, wenn ich Ork-Herr bleiben will, und er braucht meine genauso, denn wenn der Riesengeier nicht besiegt wird, dann werden die Orks dieser Gegend einen anderen zum Herrn der Schädelburg machen. Selbst ich als oberster Ork-Herr aller drei Länder könnte das kaum verhindern.*

Rhomroor und Parrgarr sahen sich an.

Es ist nur zu hoffen, dass er das genauso klar erkennt wie ich!, dachte Rhomroor. *Sonst sind wir beide in Schwierigkeiten.*

Eine andere Stimme meldete sich zu Wort.

»Unter Moraxx hätte es so etwas nicht gegeben!«, knurrte die Stimme gurgelnd. »Damals hätte kein Riesengeier es gewagt, uns anzugreifen!«

Rhomroor drehte sich herum. Es war eine Ork-Frau. Die Zottelmähne war ordentlich mit Schlamm durchwirkt und sah für orkische Verhältnisse sehr gepflegt aus. Dass darin ein paar winzige Kröten herumliefen, gab ihr einen mütterlichen, fürsorglichen Zug, denn unter den Orks galt: Orks, die Parasiten gut leben ließen, galten als großzügige Gastgeber oder fürsorgliche Eltern.

Diese Ork-Frau musste Parrgarrs Mutter sein.

Schon bevor Rhomroor die Schädelburg erreicht hatte, waren ihm Gerüchte darüber zu Ohren gekommen, dass Parrgarr ständig von seiner Mutter begleitet wurde und sie Teil seines Gefolges war. Das war höchst ungewöhnlich. Bei jedem anderen Ork hätte man sich darüber lustig gemacht und keinem anderen wäre es möglich gewesen, unter diesen Umständen noch respektiert zu werden.

Für Parrgarr galt das jedoch nicht.

Er war nun mal weit und breit der mit Abstand stärkste Ork und es hätte nie jemand gewagt, etwas gegen seine Mutter zu sagen oder sich darüber lustig zu machen, dass ihre Anwesenheit für den Herrn der Schädelburg offenbar sehr wichtig war.

Hin und wieder hatte Rhomroor schon bemerkt, dass Parrgarrs Mutter an den Drähten der Steinrüstung etwas herumzupfte.

Schließlich sollte das Steinhemd ja auch richtig sitzen!

Aber unter Parrgarrs Gefolge gab es nicht einen Einzigen, der angesichts dieser Szenen auch nur ein leises Gurgeln oder Glucksen hätte hören lassen.

Parrgarrs Mutter trat einen Schritt vor.

Als sie nun, da sie neben ihrem Sohn stand, wieder anfing, an den Drähten des Steinhemdes zu nesteln, zog er seinen Arm weg. »Lass das, Mama!«, gurgelte er und fügte einen grollenden Laut hinzu. Dann wandte er sich an Rhomroor und blies seinen mächtigen Brustkorb so sehr auf, dass er noch viel gewaltiger und stärker wirkte, als er es ohnehin schon war. »Ich bin auch dafür, die Wahrheit zu sprechen, großer Ork-Herr aller drei Länder!«

»Dann sind wir uns ja einig«, meinte Rhomroor. Das Rülpsen, das eigentlich seine Aussage unterstreichen sollte, geriet allerdings etwas schwach.

Parrgarr verzog das Maul so, dass seine Hauer etwas deutlicher hervortraten, und verschränkte die Arme vor der Brust. »Die Wahrheit ist aber auch, dass du den Riesengeier bisher noch nicht besiegt hast«, erklärte er.

Genau das ist der Punkt, der mir Sorgen macht!, ging es Rhomroor schaudernd durch den Kopf.

»Wie gesagt, unter Moraxx hätte es so was nicht gegeben«, wiederholte Parrgarrs Mutter dann noch einmal.

Was sie wohl eigentlich sagen will, ist, dass ihr Sohn das besser könnte!, begriff Rhomroor. Er wandte sich an die Ork-Frau und meinte: »Unter Moraxx hätte es so etwas nicht gegeben, sagst du? Irrtum! Nur *wegen* Moraxx, dem Fünfzahnigen, haben wir diese Schwierigkeiten! Er war es doch, der mit gestohlener Elbenmagie in der Hornechsenwüste experimentiert und dabei unzählige solcher und noch furchtbarerer Kreaturen geschaffen hat! Und für einen Riesengeier ist es ein Leichtes, von der Hornechsenwüste bis hierher zu fliegen!«

Parrgarrs Mutter öffnete ihr Ork-Maul und stieß einen Laut aus, der wohl ihr Erstaunen ausdrückte. Sie schien es nicht gewohnt zu sein, dass ihr irgendwer widersprach.

Dafür werden mir die Orks der Schädelburg insgeheim mehr Respekt zollen als für das lauteste Rülpsen der ganzen Orkheit!, dachte Rhomroor.

Das faulige Gas, das Parrgarrs Mutter anschließend in Rhomroors Gesicht blies, stammte dem Geruch nach geradewegs aus ihrem Magen. Aber dass diese resolute Ork-Frau ihren Atem mit ihm teilte, hielt Rhomroor für ein gutes Zeichen.

Rhomroor und sein Gefolge blieben die Nacht über in der Schädelburg. An den Hauer-Zinnen wurden die Wachen verdreifacht und außerdem wurden rings um die Burg Leuchtfeuer entzündet, sodass man besser sehen konnte, ob der Riesengeier sich wieder näherte.

Wie nervös man war, zeigte sich daran, dass es insgesamt dreimal in der Nacht einen falschen Alarm gab.

Offenbar hatten die Wächter nur einen vorbeiziehenden Schatten gesehen, der die Wächter-Orks glauben ließ, dass der vielköpfige Riesengeier wieder im Anflug wäre und vielleicht die Dunkelheit der Nacht für seinen Angriff nutzen wollte.

Rhomroor wurde also dreimal aus seinem wohlverdienten Ork-Schlaf gerissen.

Aber gut schlief er sowieso nicht, seit er auf der Schädelburg war. Das lag in erster Linie daran, dass die bisherigen Kämpfe mit dem Riesengeier gerade mal unentschieden ausgegangen waren und er noch kein Mittel gefunden hatte, wie er ihn besiegen oder wenigstens für immer aus der Gegend vertreiben konnte!

Nur durfte er sich das natürlich nicht anmerken lassen.

Allenfalls sein Freund Brox ahnte, wie es wirklich um

ihn stand. Und auch wenn sie sich früher oft geprügelt hatten und Brox dabei meistens der Stärkere gewesen war – schließlich war er größer, älter und erfahrener –, so hatte er Rhomroor inzwischen voll und ganz als Anführer anerkannt. Schließlich hatte Rhomroor ja die Drachen besiegt und wer so etwas vollbracht hatte, der war nach Brox' Ansicht über jeden Zweifel erhaben.

In dieser Nacht aber schlief Rhomroor noch aus einem anderen Grund schlecht – und der hatte nichts damit zu tun, dass die ganze Schädelburg von einem dumpfen Summen erfüllt war, das durch die Schnarchgeräusche all der Orks verursacht wurde, die auf der Schädelburg lebten und zurzeit gerade nicht zum Wachdienst eingeteilt waren. Aus der Ferne klang es wie das Summen eines gewaltigen Hornissennestes – nur viel tiefer und von Gurgelgeräuschen durchsetzt. Aber das war für einen Ork eher ein Grund dafür, sich wohl, geborgen und gut geschützt zu fühlen.

Was Rhomroor tatsächlich nach dem dritten Fehlalarm für den Rest der Nacht den Schlaf raubte, war etwas ganz anderes.

»Rhomroor!«

Eine wohlvertraute Gedankenstimme meldete sich in seinem Kopf.

»Candric!«

Er hatte nichts von dem Prinzen von Aladar gehört, seitdem sie zusammen aus dem Fernen Elbenreich zurückgekehrt waren, um Moraxx' finstere Magie zu durchkreuzen. Denn der ehemalige Anführer aller Orks hatte seine Pläne, einst der Beherrscher von ganz Athranor oder doch zumindest des mächtigsten Reiches auf diesem Kontinent zu werden, noch nicht aufgegeben. Wenn es nach Rhomroor ging, so konnte Moraxx, der Fünfzahnige, bleiben, wo der Schlamm vertrocknete! Mit den Spätfolgen seiner üblen Zauberei würde man sowieso noch lange zu tun haben.

Der Riesengeier war nur ein Beispiel dafür. Die Hornechsenwüste war seit den Tagen von Moraxx' Experimenten ein Ort voller Monster und dass die alle auf ewig dort bleiben würden, konnte nun wirklich niemand annehmen.

Rhomroor richtete sich auf. Für ihn, als Ork-Herrn der drei Länder, hatte man sich ein ganz besonderes Lager ausgedacht – schließlich wollte sich Parrgarr nicht nachsagen lassen, dass er Rhomroor nicht würdig genug beherbergt hatte. Das Bett bestand nämlich aus einem Kasten, der mit frischem Hornechsen-Dung gefüllt war, den mehrere Orks stundenlang weich und sämig gerührt hatten. Das war der höchste vorstellbare Schlafkomfort, der in den Ländern der Orks vorstellbar war! Selbst die Orks der Orkstadt, die sich durch ihre Verbindung zu den Händlern aus den Reichen der Menschen in allem etwas fortschrittlicher und weltläufiger wähnten, kannten diese fast schon verschwenderisch zu nennende Pracht nur ganz selten.

Und wenn diesem Luxus doch einmal gefrönt wurde, so war es damit zumeist schnell wieder vorbei, denn Hornechsen-Dung trocknete sehr rasch und war dann nur noch eine bröckelige Masse, die so pulverig werden konnte, dass einen der Staub im Schlaf in der Nase kitzelte.

Ein solches Bett herzurichten war also sehr aufwendig

und Rhomroor wusste die Mühe seiner Gastgeber durchaus zu schätzen.

Nur schade, dass er die Annehmlichkeiten dieses weichen Lagers nicht so genießen konnte, wie er sich das gewünscht hätte!

»*Rhomroor! Kara und ich sind in großer Not! Trolle haben uns entführt – und dasselbe ist mit Prinz Eandorn, dem Sohn des Elbenkönigs, geschehen. Er ist hier bei uns im Verlies!*«

Candrics Gedankennachricht traf Rhomroor, als hätte ihm Parrgarr höchstpersönlich mit seiner Keule einen Schlag vor den Kopf verpasst. »*Im Augenblick stecke ich selbst bis zu den Hauern in Schwierigkeiten, aber wenn ich dir irgendwie helfen kann, werde ich es tun*«, versprach der Ork.

»*Das Wichtigste wäre, wenn man in Aladar darüber Bescheid wüsste, wo wir überhaupt sind!*«

»*Wenn ich einen Boten schickte, würden die Wachen deines Vaters ihn doch kaum über die Grenze lassen*«, gab Rhomroor zu bedenken, »*auch wenn zurzeit Frieden zwischen unseren Reichen herrscht.*«

»*Ich weiß*«, gab Candric zu.

»*Aber ich werde schon einen Weg finden*«, war Rhomroor überzeugt. »*Ich muss nur schnell noch einen Riesengeier erledigen, der die Gegend unsicher macht. Schaffe ich das nicht, ist es wahrscheinlich sowieso das Beste, wenn ich die Orkländer verlasse.*«

Sie tauschten noch eine ganze Weile ihre Gedanken aus. In Trollhaven waren Candric und Kara angeblich – aber das hielt Rhomroor mehr für eine grobe Vermutung. Schließlich beruhte sie nur darauf, was ein Elbenprinz zu hören geglaubt hatte – und ob das wirklich alles zutraf, da hatte Rhomroor doch erhebliche Zweifel.

Aber die Annahme, dass Candric, Kara und Prinz Eandorn sich irgendwo im Reich Trollheim aufhielten, war durchaus naheliegend. Schließlich waren sie von Trollen entführt worden. Rhomroor ließ sich in Gedanken genauestens schildern, wie sich alles zugetragen hatte.

»*Ein magischer Schlund!*«, dachte er schließlich und sandte diesen Gedanken auch an Candric. »*Das erinnert mich doch sehr stark an den Tunnel, mit dessen Hilfe ein uns beiden wohlbekanntes fünfzahniges Geschöpf in letzter Zeit gereist ist! Findest du nicht auch?*«

»*Du denkst an Moraxx!*«, schloss Candric.

»*Wen sonst? Königssöhnen die Seelen vertauschen oder Königssöhne entführen – da ist kein großer Unterschied, finde ich. Das könnte zu ihm passen.*«

»*Nun, du kennst Moraxx besser als ich. Aber warum sollte er so etwas tun, Rhomroor?*«

»*Machtdurst. Denn Macht ist das Einzige, was ihn interessiert! Darum hat er die Magie der Elben erlernt, auch die Teile, die den Elben selbst verboten sind. Und deshalb könnte er auch dich und Eandorn entführt haben, denn eure königlichen Eltern werden ihm wahrscheinlich völlig zu Willen sein, solange er euch in seiner Gewalt hat!*«

»*Du vergisst aber eines, mein Ork-Freund!*«

»*Und das wäre?*«

»*Es waren keine Orks – auch kein Fünfzahniger! –, die uns entführt haben, sondern eindeutig Trolle! Und davon abgesehen hat Prinz Eandorn bislang auch nirgends den Schlag eines Ork-Herzens in dieser Höhle vernehmen können.*«

In diesem Moment ertönten erneut Alarmrufe. Die Tür von Rhomroors Gemach flog auf. Es war Brox, der da plötzlich vor ihm stand und sich gerade noch den Gürtel zurechtzurrte. Er war voll bewaffnet, trug eine Axt in einem Rückenfutteral und ein Sensenschwert an der Seite.

»Aufstehen!«, rief er.

»Hat wieder jemand einen Vogel …«, Rhomroor gähnte lautstark, »… gesehen?«

»Nein, diesmal nähert sich ein Elb!«

Rhomroor war sofort auf den Beinen.

Nur ein einziger Elb, den er kannte, war verwegen genug, um sich einfach so in die Länder der Orks zu wagen! Lirandil, der Fährtensucher, der inzwischen schon beinahe jedes Land auf dem Kontinent Athranor bereist haben musste.

»Dann wollen wir keine Zeit verlieren«, sagte Rhomroor. Elben waren bei den Orks nicht gerade beliebt. Und Rhomroor wollte keinesfalls, dass Parrgarr und die Orks der Schädelburg über Lirandil herfielen.

Rhomroor und Brox rannten hinauf zu den Zinnen, wo bereits reges Stimmengewirr herrschte. Dass ein Elb es wagte, die Orkländer zu betreten, war wirklich sehr selten.

Dass umgekehrt Orks ins Ferne Elbenreich eingedrungen waren, war noch gar nicht so lange her. Dass war nämlich während der beiden Raubzüge von Moraxx, dem

Fünfzahnigen, passiert, als der abgesetzte Ork-Herr viele magische Schriften aus den Hallen der Elben gestohlen hatte. Dementsprechend übel war man dort nun auf die Orks zu sprechen.

Ein Schwall von gurgelnden, grollenden und sonst wie drohend klingenden Geräuschen drang über die Hauer-Zinnen. Rhomroor drängte sich nach vorn. Er schob einen der anderen Orks einfach zur Seite und blickte hinab.

Im Schein der Leuchtfeuer, die man in einem Halbkreis um die Burg errichtet hatte, war tatsächlich ein Elb zu sehen. Er stieg nicht von seinem Pferd, sondern wartete geduldig ab.

»Lirandil!«, rief Rhomroor und brüllte am lautesten, sodass nun alle anderen verstummten und zuerst zu ihrem Anführer, dann wiederum zu dem fremden Elb blickten.

Nicht nur Parrgarr war unschlüssig, wie er reagieren sollte, sogar seine Mutter schien ziemlich irritiert zu sein.

»Ich danke dir, dass du mir Gehör verschafft hast!«, rief Lirandil. Er benutzte dabei die Ork-Sprache, die er irgendwann auf seinen langen Reisen gelernt haben musste. Allerdings klang es für Ork-Ohren außerordentlich seltsam, wie er die Worte betonte, und vor allem, wie er sich in der Sprache der Orks ausdrückte.

Aber immerhin hatte er in diesem Moment ihre volle Aufmerksamkeit.

Lirandil wartete jedoch einen Augenblick zu lang, um seine Gedanken in Worte zu fassen. Vielleicht brauchte er in dieser für ihn fremden Sprache einen Moment, um die richtige Formulierung zu finden – und der Moment eines Elben war bekanntlich länger als der anderer Geschöpfe.

Jedenfalls hatte keiner der Orks an den Hauer-Zinnen die Geduld, auf die Rede des Fährtensuchers zu warten.

Parrgarr ergriff stattdessen das Wort.

»Was willst du hier, Elb?«, dröhnte er und schlug sich dann rhythmisch auf den aufgeblähten Brustkorb, was an den Klang von dumpfen Trommeln erinnerte. »Vielleicht sollte mal jemand einen Kübel mit Schlamm und Hornechsen-Dung holen, damit wir unseren Gast gebührend empfangen können!«

Dröhnendes Gelächter folgte.

»Mein Gewand ist aus Elbenseide«, erwiderte Lirandil ruhig. »Daran haftet kein Schmutz. Und davon abgesehen, bin ich in wichtiger Mission hier und muss den ehrenwerten Herrn aller drei Orkländer dringend sprechen!«

»Dieser Elb ist unser ganz besonderer Gast«, bestimmte Rhomroor. »Ihm soll jeder Wunsch erfüllt werden – aber nur die, die er selbst äußert! Denn niemand tut ihm einen Gefallen, wenn er ein Bett mit Hornechsen-Dung oder eine Mahlzeit aus liebevoll vorgekauten Riesenschreckenflügeln bekommt!«

»Du scheinst diesen Elb ja gut zu kennen, Ork-Herr«, stellte Parrgarr etwas überrascht fest.

»Das ist wahr«, bestätigte Rhomroor. »Und ich möchte, dass er so behandelt wird, wie ich es gerade gesagt habe – oder hat hier irgendjemand etwas dagegen einzuwenden?«

Einige Augenblicke herrschte Schweigen. Hier und da war ein leichtes Grummeln zu hören – allerdings nur aus den Mägen der Betreffenden und es gab ein altes orkisches Höflichkeitsgesetz, wonach die Geräusche von

Mägen nicht zählten. Schließlich konnte niemand etwas dafür, wenn dieses Organ seine eigene Meinung lautstark äußerte.

»Öffnet das Burgtor für den Elben!«, rief Parrgarr also. Anschließend wandte er sich an Rhomroor und verzog sein Maul. »Ich hoffe wirklich, du gewinnst morgen auch gegen den Riesengeier!«, murmelte er fast drohend. *Wehe, wenn das nicht geschieht!,* schien er in Gedanken noch hinzuzusetzen.

»Und dass mir niemand sein Pferd auffrisst!«, rief Rhomroor noch, war sich aber nicht ganz sicher, ob wirklich alle Orks der Schädelburg das auch richtig verstanden hatten.

Lirandil wollte weder eine von den Orks zubereitete Mahlzeit zu sich noch ein Lager in Anspruch nehmen. »Elben sind genügsam«, sagte er. »Und es macht mir nichts aus, längere Zeit ohne Nahrung und Schlaf zu bleiben.«

»Wenn du das sagst, Bleichgesicht!«, knurrte Parrgarr.

»Verwechselt mich nicht mit einem Menschen, werter Herr der Schädelburg«, erwiderte Lirandil höflich. »Abgesehen davon solltet Ihr mein Verhalten nicht so auffassen, dass ich Eure Großzügigkeit verschmähe und Eure Gastfreundschaft missachte.«

Der Herr der Schädelburg hob die Schultern und sah Rat suchend zu seiner Mutter hinüber, ehe er sich wieder diesem ungewöhnlichen Gast zuwandte. »Wie soll ich das denn sonst verstehen, Eure Hochverschrobenheit?«

»Es ist einfach nur eine Ersparnis an Zeit – denn ich habe es sehr eilig.«

»So etwas hört man von deinesgleichen ziemlich selten«, meinte Parrgarr nachdenklich.

Aber so recht konnte er sich noch immer keinen Reim darauf machen.

Lirandil begab sich zusammen mit Rhomroor in das Gemach, das man dem Ork-Herrn bereitet hatte. Der Elb sah zu dem Bett aus Hornechsen-Dung und es kostete ihn sichtlich große Überwindung, im Raum zu bleiben. »Ich werde versuchen, nicht allzu heftig zu atmen«, sagte er schließlich. »Da wir Elben unseren Körper sehr viel mehr beherrschen als die meisten anderen Geschöpfe, wird es mir vielleicht möglich sein, hier ohne Atemnot wieder herauszukommen.«

»Ich habe inzwischen ja die Eigenarten Eures Volkes etwas kennengelernt! Wenn Eure empfindlichen Ohren es nicht vertragen, dass meine Mit-Orks so laut schnarchen oder andauernd rülpsen, kann ich daran nichts ändern …«

»Ich bin schon froh, wenn sie nicht mein Pferd fressen«, gestand Lirandil.

»Das haben sie versprochen! Sie werden sich gut darum kümmern!«

»Das hoffe ich.«

»Und wenn es Euch hier zu streng riecht …«

»… so werde ich das einfach ertragen, Rhomroor. Mein Vater hat immer gesagt, wenn man noch jung ist, kann man sich an alles gewöhnen.«

»Nun, dann kann dieser Satz für Euch eigentlich nicht mehr …«

»… und ich bin gerade mal tausend Jahre alt, da werde ich auch diesen Gestank ertragen können«, sagte Lirandil, ohne auf Rhomroors Einwurf zu achten. Dann murmelte er einige Worte auf Elbisch – und zwar in der Sprache der Alten Zeit, die inzwischen nur noch für magische Zwecke benutzt wurde. *Eine Zauberformel!*, erkannte Rhomroor. *Vielleicht will er damit den Geruch etwas abdämpfen.*

»Ich freue mich, Euch zu sehen, Lirandil, und wenn Ihr wollt, können wir gerne woanders hingehen, um miteinander zu sprechen. Ich habe nämlich auch Neuigkeiten für Euch!«

»Du – für mich?«, wunderte sich Lirandil. »Eigentlich bin ich hier, um *dir* Neuigkeiten zu überbringen. Schlechte Neuigkeiten. Bevor ich dich anhöre, werter Herr der drei Orkländer, wirst du mich anhören, denn entgegen meiner sonstigen Gewohnheit bin ich sehr in Eile und brauche deine Hilfe!«

Lirandil redete in einem sehr bestimmten Tonfall. Und da er Rhomroor gegenüber die Sprache der Orks benutzte, hörte sich das viel härter und fordernder an, als man es sonst von dem eher ruhigen und sanftmütigen Fährtensucher gewohnt war.

»Meine Hilfe?«, fragte Rhomroor. »Ich …«

»Es geht um unseren gemeinsamen Freund Candric.«

»Er ist entführt worden«, fiel Rhomroor ihm ins Wort. »Und dasselbe ist mit Prinz Eandorn geschehen! Es waren Trolle!«

Das sprudelte nur so aus Rhomroor heraus. Alles, was

er wusste, kam jetzt über seine Lippen – nur nicht wirklich geordnet und in der richtigen Reihenfolge. Dabei galt er inzwischen unter den Orks als verhältnismäßig guter Redner. Dass das jetzt nicht so richtig klappte und er sich immer wieder verhaspelte, musste wohl daran liegen, dass ihn das Ganze doch ziemlich aufgeregt hatte.

Im Augenblick schien sich aber auch alles gegen ihn verschworen zu haben! Da war einerseits dieser verfluchte Riesenvogel, der ihm so große Schwierigkeiten bereitete, und andererseits die Entführung von Candric und Kara, denen er natürlich gerne helfen wollte.

»Genau wegen dieser Angelegenheit habe ich den Weg hierher auf mich genommen«, erklärte Lirandil. »Es gibt ja fürwahr schönere Reiseziele als ausgerechnet das West-Orkreich.« Er wandte den Blick noch einmal zu dem übelriechenden Bett und auf seiner Nase kräuselte sich daraufhin ganz leicht die Haut. »Obwohl auch dieses Land sicherlich seine reizvollen Seiten haben dürfte, wenn man sich von Herbergen und Gästebetten fernhält«, fügte er dann noch hinzu.

»Wie gesagt, ich würde Candric gerne helfen – und Euch natürlich auch, Lirandil. Nur habe ich im Augenblick diesen Riesengeier am Hals!«

»Ein Geschöpf von Moraxx?«, fragte Lirandil. Er schien wenig überrascht zu sein.

Rhomroor nickte. »Ihr sagt es!«

»Vielleicht kann ich dir helfen, Rhomroor.«

»Indem Ihr Euch dem Riesenvogel entgegenstellt, Lirandil?«

»Warum nicht?« Ein mattes Lächeln glitt über das Gesicht des Elben – allerdings verschwand es sofort wieder, als er den Kopf in Richtung des Bettes gedreht hatte. Womöglich hatte Lirandil einfach aus Versehen einen zu starken Atemzug getan.

Rhomroor sprach unterdessen mit gedämpfter, fast flüsternder Stimme. Etwas, was einem Ork von Natur aus sehr schwerfiel. Aber er wollte einfach nicht, dass einer der anderen Orks mitbekam, was er nun sagte. Obwohl sie allein waren, hatte er offenbar die Sorge, dass man seine Worte durch die Wand verstehen konnte, zumal es sicher auch Parrgarr (und ganz besonders seine Mutter) brennend interessierte, was der Herr der drei Orkländer mit einem Elben zu besprechen hatte. Im ersten Moment hatte Rhomroor schon überlegt, ob er nicht die Sprache der Menschenreiche benutzen sollte, die er ja schließlich während seiner Zeit am Hof von Aladar recht gut gelernt hatte. Aber das hätte ihn wohl nur noch verdächtiger gemacht und vielleicht hätte Parrgarr (oder seine Mutter!) eines Tages, wenn der Riesenvogel längst besiegt war, behauptet, dass Rhomroor ein Verräter in Diensten des Menschenkönigs aus dem Beiderland sei!

»Lirandil! Wenn jemand bemerkt, dass Ihr mir helft, dann wird kein Ork mich je wieder respektieren! Ich könnte den Kampf gleich aufgeben und zu Parrgarr gehen, um ihn zu bitten, mein Nachfolger zu werden!« Rhomroor atmete tief durch, nach dem er dies herausgebracht hatte – so tief, dass Lirandil nicht anders konnte, als sich für einen Moment abzuwenden. Am liebsten hätte der Elb sich zweifellos gerne die Nase zugehalten, aber dazu war er einfach zu höflich.

Lirandil brauchte einige Augenblicke, um sich zu erholen und machte dies Rhomroor gegenüber durch ein Handzeichen deutlich.

»Mir ist sehr bewusst, dass du es sein musst, der den Riesenvogel besiegt. Und trotzdem kann ich dir helfen.«

»Sagt bloß, Ihr kennt Euch mit solchen Geschöpfen aus! Seid Ihr ihm denn überhaupt schon einmal begegnet?«

»Nein«, gestand Lirandil. »Das spielt aber auch keine Rolle. Es wird ein Geschöpf sein, das durch Moraxx' magische Experimente gerufen wurde – und die Magie, die Moraxx angewendet hat, ist Elbenmagie! Und die wiederum ist mir sehr vertraut.«

»Dann sagt mir nur eins: Wie kann ich den Riesenvogel besiegen?«

»Mit etwas Glück«, sagte Lirandil. »Und mit einem guten Plan!«

Rhomroor sah Lirandil etwas enttäuscht an. *Darauf wäre ich auch selbst noch gekommen!*, ging es ihm durch den Kopf.

»Ich danke Euch für diesen Ratschlag, werter Lirandil«, sagte Rhomroor.

»Den Plan werde ich dir gleich erklären, Rhomroor. Und ansonsten brauchst du noch das hier!« Der Elb griff sich an den Gürtel. Außer seinem langen Schwert aus Elbenstahl hingen daran noch verschiedene Taschen und Beutel. Lirandil gab ihm einen davon.

»Was ist das?«

»Das ist der Extrakt der Sinnlosen«, sagte Lirandil. »Die Sinnlose ist eine Heilpflanze, die deswegen Sinnlose heißt, weil sie sinnloserweise Blüten entfaltet, obwohl sie stets im Schatten großer Bäume wächst, wo niemals ein Sonnenstrahl sie erreichen wird. Wir Elben benutzen sie zu mannigfachen Zwecken und je nachdem, wie man die Blätter verarbeitet und mit welchen zusätzlichen Stoffen man sie zusammenmengt, hat man eine etwas andere Wirkung. Die Wirkung dieser Mixtur ist sehr beruhigend.«

»Ein elbisches Beruhigungsmittel?«, fragte Rhomroor fassungslos.

»In der Ruhe liegt die Kraft, Rhomroor, und sie ist die Voraussetzung für deinen Sieg über den Riesenvogel – glaub es mir!«

Rhomroor war außer sich. Er hatte insgeheim gehofft, Lirandil könnte ihm wirklich helfen. Und was war nun? »Ihr empfehlt mir, zerkrümelte Blütenblätter einzunehmen, damit ich ruhiger werde, wenn der Vogel kommt und mir wahrscheinlich mit einem Schnabelhappen den Kopf abbeißen wird, wenn ich nicht aufpasse? Ist das wirklich Euer Ernst, Lirandil?«

»Nun, du kannst natürlich gerne auch etwas von dem Mittel nehmen. Das empfehle ich dir sogar, aber …«

»Ich bin verzweifelt, Lirandil! Und Ihr kommt mir mit *so was*!«

Rhomroor wollte Lirandil den Beutel mit den Sinnlosen-Blüten empört zurückgeben.

Aber Lirandil schob die Pranke des jungen Ork-Herrn zurück.

»Du hast mir nicht bis zum Ende zugehört, Rhomroor! Aber vielleicht solltest du dich tatsächlich etwas beruhigen, ehe ich dir den Plan erkläre. Denn du musst dir jede Einzelheit genau einprägen – und ungefährlich wird es auch nicht!«

Am nächsten Tag dauerte es gar nicht lange, bis in der Ferne der vielköpfige Riesengeier auftauchte. Er kreiste zunächst über dem flachen Land, das vor den Aschedünen lag – fast so, als wollte er zunächst nur dafür sorgen, dass die Orks in der Schädelburg allein durch seinen Anblick in Aufruhr gerieten. Er stieß krächzende Laute aus, die bis zur Burg herüberhallten.

Lirandil hatte sich schon Stunden vorher zu den Hauer-Zinnen begeben und Ausschau gehalten. Anschließend hatte er erklärt, der Vogel werde bald auftauchen. Er hatte ihn wohl schon gehört.

Als der Vogel nun am Horizont zu sehen war, begab er sich zusammen mit Rhomroor vor das Burgtor.

Keiner der anderen Orks hatte das Bedürfnis, ihnen zu folgen. Sie gaben alle vor, dass man von den Zinnen aus eine bessere Sicht hätte.

Nur Brox kam schließlich doch noch aus dem Tor heraus.

Lirandil warf ihm einen kurzen Blick zu. »Rhomroor kann jede Unterstützung gebrauchen«, sagte er. »Und wenn sie auch nur darin besteht, dass man in Gedanken bei ihm ist.«

»Nicht nur in Gedanken, Elb!«, knurrte Brox und zog die Streitaxt aus dem Futteral auf seinem Rücken. »Ich bin bereit – bist du es auch?«

»Du bist Brox, nicht wahr?«

»Ja.«

»Rhomroor hat manchmal von dir erzählt, wenn wir gemeinsam unterwegs waren.«

»Wir sind uns schon begegnet, als Rhomroor mit dem Himmelsschiff zurückkehrte!«, erklärte Brox.

»Steck deine Waffen weg, Brox. Wenn du Rhomroor helfen willst, dann lass ihn allein den Vogel besiegen.«

»Wir schreien zusammen, wir werfen uns gegenseitig in die Schlammgrube – da sollten wir uns auch zu helfen versuchen!«

»Tu, was ich dir sage, dann hilfst du ihm am meisten!«

»Er hat es schon zweimal nicht geschafft – also braucht er Hilfe.«

»Nein.«

Lirandil sagte das in einer so bestimmten Art, dass Brox nicht anders konnte, als seine Axt zu senken. Er stützte sich auf den Stiel und sagte: »Also gut.« Vielleicht fragte er sich, ob er im Moment vielleicht unter dem Einfluss irgendeiner Art von Elbenmagie stand. Aber jetzt war keine Gelegenheit mehr, um darüber nachzudenken, denn nun stieß der Riesenvogel krächzend herab.

Seine unterschiedlich großen Köpfe schienen sich ausnahmsweise mal einig zu sein. *Kein gutes Zeichen!*, dachte Rhomroor. Er stand dem Tier allein gegenüber. Lirandil und Brox warteten vor dem Tor. Der Elb machte ein Zeichen mit der Hand in Rhomroors Richtung. Es war nicht einmal ein magisches Zeichen, sondern einfach nur eine Geste, mit der er ihm Mut machen wollte.

Etwas mehr Hilfe von dem Elb wäre nicht schlecht gewesen!, dachte Rhomroor. Aber andererseits war ihm schon klar, dass das einfach nicht möglich war. Jedenfalls nicht, wenn er der Herr aller Orks bleiben wollte. Manchmal hatte er schon darüber nachgedacht, ob es nicht besser wäre, dieses Amt wieder loszuwerden. Sollte es doch jemand anderes übernehmen! Jemand, der stärker war als Rhomroor – und möglichst auch älter und erfahrener. Aber es gab Gründe, die ihn davon abhielten, sein Amt aufzugeben. Der wichtigste war, dass Rhomroor nicht wollte, dass Moraxx zurückkehrte und erneut die Macht an sich riss. Wo er sich befand, wusste niemand – aber es war damit zu rechnen, dass er seine Pläne noch nicht aufgegeben hatte. Der zweite Grund war, dass der Frieden zwischen den Menschen des Beiderlandes und den Bewohnern der Orkländer noch sehr brüchig war. Aber Rhomroor hatte einfach überhaupt keine Lust, eines Tages vielleicht gegen seinen Freund Candric kämpfen zu müssen, nur weil sie verfeindeten Völkern angehörten.

Rhomroor legte die Hand an seinen Gürtel und klemmte die Daumen seiner Pranken dahinter. Das Singende Schwert trug er auf dem Rücken. Aber obwohl der Riesenvogel jetzt schon ziemlich nahe herangekommen war, ließ er die Klinge stecken. Die Orks hinter den Zinnen hielten den Atem an. Oder besser: Sie versuchten es, denn ein leises Gurgeln und Rasseln, das tief aus den Brustkörben der Orks kam, war immer noch zu hören und vermischte sich mit dem Meeresrauschen.

Rhomroor hatte noch etwas anderes am Gürtel: ein Seil. Das hatte Lirandil ihm gegeben, kurz bevor sie die Burg verlassen hatten. Und in der linken Pranke hielt Rhomroor den kleinen Beutel mit dem Extrakt der Sinnlosen.

Der Vogel kam heran. Die Klauen waren ausgestreckt und die geöffneten Schnäbel schienen gierig, den Ork zu zerreißen und zu verschlingen. Der größte Vogelkopf hatte sich wohl dabei den Vortritt erkämpft. Jedenfalls flog das Tier genau so auf Rhomroor zu, dass dessen riesenhafter Schnabel auf ihn gerichtet war.

Rhomroor wartete auf den richtigen Moment. Bevor der Schnabel ihn fassen konnte, warf er den geöffneten Beutel mit den Blättern der Sinnlosen in den Vogelrachen. Einem anderen Schnabel musste Rhomroor sofort danach ausweichen. Ebenso den Klauen, die ins Leere griffen. Rhomroor warf sich zu Boden, rollte um die eigene Achse. Um ein Haar hätte ihn eine der Klauen doch noch am Bein erwischt. Der größte Kopf des Vogels würgte plötzlich. Das Tier taumelte deswegen, blieb auf dem Boden und schien für einen Moment nicht in der Lage zu sein, wieder aufzusteigen.

Die Blüten der Sinnlosen schienen dem Monstrum absolut nicht zu behagen.

Zumindest nicht dem Hauptkopf, denn die anderen, die gar nichts bekommen hatten, krächzten diesen laut an. Manche hackten sogar mit den Schnäbeln auf ihn ein.

Ich hoffe nur, dass Lirandil recht hat und die Wirkung tatsächlich den gesamten Riesenvogel erfasst – und nicht nur einen der Köpfe!, dachte Rhomroor. Aber jetzt war es ohnehin zu spät. Wenn er noch Bedenken gegenuber Lirandils

Plan gehabt hätte, so hätte er diese Bedenken ganz zu Anfang klären müssen. Jetzt war dafür keine Zeit mehr.

Rhomroor rappelte sich auf. Und ehe der Vogel sich wieder auf den Kampf eingestellt hatte, murmelte er ein paar Worte in der Alten Elbensprache. In der Nacht hatte Lirandil mit ihm diese Worte geübt. Aus Furcht davor, dass die anderen Orks davon etwas mitbekommen könnten, hatten sie sehr leise gesprochen. Rhomroor hoffte daher, dass er die Formel auch richtig aussprach.

Außerdem achtete Rhomroor darauf, dass er dabei den anderen Orks immer den Rücken zugewandt ließ. Schließlich durften sie nicht Verdacht schöpfen, dass irgendetwas nicht mit rechten Dingen zugehen könnte und Rhomroor sich vielleicht magische Unterstützung holte.

Der würgende Vogelkopf hackte mit dem Schnabel um sich. Die anderen Hälse und Köpfe duckten sich sofort und versuchten den Schnabelhieben des größten Kopfes auszuweichen. Gerade breitete das mit sich selbst zerstrittene Tier seine Flügel aus, um sich erneut in die Luft zu erheben, da nahm Rhomroor das Seil, schnellte auf den Riesenvogel zu und schlang es um den Hals des größten Kopfs. Der Vogel hob ab. Rhomroor versuchte ihn festzuhalten und wurde mit in die Höhe gerissen. Der Riesenvogel kreischte. Aber seine Tonlage hatte sich verändert. Seine Laute wirkten jetzt weniger angriffslustig. Außerdem sank er wieder tiefer. Ungefähr hundert Schritte vom Burgtor entfernt landete er. Für Rhomroor war diese Landung ziemlich unsanft, denn er wurde dabei ein ganzes Stück über den Boden geschleift.

Aber was machte das einem Ork schon aus?

Trotzdem ging ein grummelndes Raunen durch die Reihen der Zuschauer an den Hauer-Zinnen.

»Armer Ork-Herr!«, hörte man Parrgarrs Mutter murmeln. »Er verliert seinen ganzen Schlamm!«

Der Riesenvogel blieb stehen. Die verschiedenen Köpfe krächzten sich gegenseitig an. Aber aus irgendeinem Grund war sein Widerstandswille erlahmt.

Die Blütenblätter der Sinnlosen scheinen gewirkt zu haben!, überlegte Rhomroor. Er erhob sich und rollte das Seil auf, während er sich dem Vogel näherte. Es konnte jetzt sicherlich nicht mehr schwieriger sein, den Vogel zu zähmen als eine der Hornechsen, auf denen die Orks zu reiten pflegten.

Vorsichtig zog Rhomroor am Seil.

Eigentlich hatte er erwartet, dass der Riesenvogel wieder versuchen würde, ihn mit sich zu schleifen oder sogar in die Lüfte aufzusteigen. Aber das geschah nicht.

Lirandil hatte recht!, ging es Rhomroor durch den Ork-Schädel, denn genau das hatte der Elb ihm vorausgesagt, als sie zusammen den Plan besprochen hatten. Noch sträubte sich der Vogel etwas, aber als Rhomroor etwas kräftiger zog, bewegte er sich. Zuerst widerstrebend, dann immer bereitwilliger ließ er sich am Seil heranziehen. Als er den Schnabel seines größten Kopfes öffnete, waren darin ein paar bläuliche Blitze zu sehen, die zischend zwischen der Unter- und der Oberseite des geöffneten Schnabels hin und her zuckten. Das war wohl die Kraft der Magie, die in den Blütenblättern der Sinnlosen steckte. Wenig später konnte Rhomroor dasselbe auch bei den anderen Köpfen des Vogels sehen, die von dem Blütenextrakt gar nichts abbekommen hatten.

Dies konnte nur bedeuten, dass Lirandils magische Medizin inzwischen im Magen des Riesenvogels gelandet war und von dort aus ihre Wirkung im gesamten Körper des Ungeheuers entfaltete.

Der Vogel wurde unterdessen immer friedlicher. Nur noch gelegentlich zwickten sich die verschiedenen Köpfe untereinander – und dies auch längst nicht mehr so heftig, wie es vorher der Fall gewesen war. Gegen Rhomroor wehrte sich der Vogel kaum noch.

Der junge Ork zog ihn hinter sich her und dachte: *Mit so mancher Hornechse habe ich schon größere Probleme gehabt!*

Er brachte den Vogel bis zum Burgtor, wo Lirandil und Brox auf ihn warteten.

Von den Hauer-Zinnen aus ertönte unüberhörbar dröhnender Ork-Jubel, untermalt von den dumpfen Schlägen auf den Brustkorb, die sich wie Trommelwirbel anhörten.

Die Bewohner der Schädelburg schienen sich außerordentlich darüber zu freuen, dass die Gefahr, die von dem vielköpfigen Riesenvogel ausgegangen war, zumindest für den Augenblick gebannt war. Seine Geierköpfe ließen hin und wieder einen krächzenden Laut hören. Aber diese Geräusche waren so verhalten, dass sie den tosenden Jubel der Orks nicht übertönen konnten.

»Gut gemacht!«, rief Lirandil Rhomroor ins Ohr, denn sonst hätte man seine Worte nicht verstehen können. Der Elb hatte sich Ohrstopfen in die Gehörgänge seiner empfindlichen Elbenohren gesteckt, weil er wohl schon befürchtet hatte, dass selbst Elbenmagie gegen den zu erwartenden Ork-Krach nicht ausreichen würde.

Rhomroor hielt den Vogel mit einer Hand fest und

machte mit der anderen ein Zeichen, das in diesem Fall wirksamer als jede Magie war. Die Orks wurden ruhig. Es dauerte nur wenige Augenblicke und man konnte wieder das Meer rauschen und den Wind um die Schädelburg blasen hören.

Rhomroor hoffte nur, dass der Riesenvogel seine Schnäbel möglichst geschlossen hielt, sodass man die Blitze in seinem Rachen nicht so genau sehen konnte. Schließlich konnte es sonst sein, dass der eine oder andere Ork vielleicht argwöhnte, hier könnte Magie im Spiel sein – genau wie bei Moraxx! Andererseits fiel das Licht der Sonne im Moment günstig, sodass diese Blitze ohnehin kaum auffielen. Außerdem überwog bei vielen einfach die Freude darüber, dass dieses scheinbar unbesiegbare Ungeheuer sie nun nicht länger in Atem halten würde.

»Er hat den Riesengeier gezähmt – nicht nur besiegt!«, raunte es noch hier und da, doch auch diese Stimmen verstummten in der Erwartung ein paar großer, gut gewählter Worte des Herrn aller Orks.

Allerdings fiel Rhomroor im Augenblick überhaupt nicht ein, was er hätte sagen können. Er war einfach nur froh darüber, dass alles so gekommen war, wie er es mit Lirandil besprochen hatte, und er nicht von einem der Geierköpfe verschlungen und hinuntergewürgt worden war.

»Sag Ihnen: Es lebe die Orkheit!«, raunte Lirandil so leise, dass niemand sonst es mitbekam.

Rhomroor öffnete sein Maul.

Aber statt der Worte, die Lirandil vorgeschlagen hatte, drang nur ein gurgelndes Geräusch hervor.

Brox trat nun näher heran. Er war in den Plan nicht eingeweiht gewesen und wirkte deswegen stark bewegt. Lirandil war schon die ganze Zeit sein erhöhter Herzschlag aufgefallen.

Brox stellte sich vor Rhomroor hin und prustete ihm ein Maul voll Speichel und Schleim ins Gesicht.

»Mein Wasser für unseren Ork-Herrn«, rief er, während sein Speichel an Rhomroors Gesicht und seinen Hauern heruntertropfte.

Dies war eine große Respektsbezeugung und da wollten all die Orks hinter den Hauer-Zinnen natürlich in nichts nachstehen.

Ein wahrer Regen von Speichel und Rachenschleim flog daraufhin von den Zinnen herab.

Lirandil konnte gerade noch einen Entsetzensschrei unterdrücken, der die feierlich-erhabene Stimmung unter den Orks sicherlich zerstört hätte.

Der einzige Trost des Fährtensuchers war, dass sein Wams aus Elbenseide gewebt war und daran nichts haften blieb, ganz gleich wie klebrig und unappetitlich die jeweilige Substanz auch sein mochte.

»Für eine lange Siegesfeier haben wir keine Zeit«, sagte der Elb nun dringlich an Rhomroor gerichtet. »Wir müssen aufbrechen!«

»Ich weiß«, sagte Rhomroor.

Lirandil wandte sich an Brox. »Du bist ein treuer Gefolgsmann von Rhomroor dem Ork-Herrn?«

»Mein Speichel hat es unter Beweis gestellt«, sagte Brox.

»Würdest du auch auf das Eigentum eines Gastes und Freundes von Rhomroor achten?«

»Ich würde es mit meinem Leben und meinen Hauern verteidigen!«, erklärte Brox.

»Dann achte auf mein Pferd, bis wir zurückkehren! Ich fürchte, sonst wird es als Festtagsbraten unter den Orks der Schädelburg verteilt!«

»Zurückkehren?«, fragte Brox etwas irritiert.

»Ich habe dringende Aufgaben zu erfüllen!«, rief Rhomroor nun den anderen Orks zu. »Brox ist während meiner Abwesenheit mein Stellvertreter! Es lebe die Orkheit!«

Wieder brandete dröhnender Jubel auf.

Lirandil näherte sich dem Riesenvogel, dem der Elb wohl trotz des beruhigenden Einflusses der Sinnlosen-Blüten nicht geheuer war. Einige der Köpfe stießen nun Laute aus, die wie ein ängstliches Krächzen klangen. Dass wegen des Lärms niemand die Formel hörte, die Lirandil murmelte, war gewiss gut so. Es brauchte ja niemand mitzubekommen, dass hier Elbenmagie im Spiel war.

Lirandil stieß Rhomroor mit der Faust an. »Du zuerst!«, rief er, obwohl diese Worte selbst ein Elb nicht mehr aus dem ganzen Krach hätte heraushören können. Aber Rhomroor wusste auch so, was Lirandil von ihm wollte.

Er packte den Riesenvogel an den Federn, hielt sich daran fest und kletterte schließlich auf seinen Rücken. Der Vielköpfige stieß mit mehreren Köpfen überraschte Laute aus, ließ sich das Ganze aber trotzdem gefallen. Lirandil kletterte ebenfalls auf den Rücken des Vogels.

Sein Wille kontrollierte inzwischen mithilfe der Elbenmagie den Geist des Vogels, was allerdings nur durch den zähmenden Einfluss der Sinnlosen-Blüten möglich war.

Der Riesenvogel breitete seine Flügel aus. Die Geierköpfe krächzten im selben Moment, so als wollten sie damit Lirandils energische Gedanken bestätigen. Dann erhob sich das Tier nach ein paar Laufschritten in die Lüfte. Mit kräftigen, ausholenden Flügelschlägen stieg es empor.

»Lasst es noch eine Runde über die Burg fliegen!«, schlug Rhomroor vor. »Das werden die Orks der Schädelburg niemals vergessen und mir auf ewig treue Gefolgsleute sein, auf die ich mich verlassen kann!«

»Dazu haben wir keine Zeit!«, sagte Lirandil streng.

»Selbst Parrgarrs Mutter würde das beeindrucken!«

»Werter junger Ork, niemand weiß, wie lange die Kraft der Sinnlosen-Blüten dieses Ungeheuer zähmt oder wie lange es auch nur meinen Befehlen gehorcht! Diesen Zeitraum müssen wir ausnutzen, denn niemand würde uns im Augenblick schneller nach Trollheim bringen!«

»Kennt der Vogel den Weg?«, fragte Rhomroor.

»Ich kenne den Weg – und das reicht vollkommen aus!«, erwiderte Lirandil.

Sie flogen auf das Meer hinaus, der Küste von Rasal entgegen. Rhomroor blickte zurück. Die Schädelburg wurde immer kleiner und kleiner, das Jubelgeschrei der Orks immer leiser.

»Candric, wir sind unterwegs zu euch!«, sandte er schließlich einen Gedanken an seinen menschlichen Freund, in dessen Körper seine Seele die Eigenarten der Menschen besser kennengelernt hatte, als je ein Ork zuvor.

Als Candric diesen Gedanken empfing, ging es ihm gerade alles andere als gut. In mehr oder minder regelmäßigen Abständen brachte ein Trollwächter ihnen etwas zu essen, aber das war so ekelhaft, dass weder Candric noch Kara zunächst irgendetwas davon angerührt hatten.

»Nun, es sind eben Trolle«, lautete der Kommentar von Prinz Eandorn. »Sie bereiten euch eine Nahrung zu, von der sie glauben, dass sie vielleicht für euch geeignet sein könnte.«

»Was essen Trolle denn?«, fragte Kara.

»Früher waren sie bekannt dafür, Elbenfresser zu sein, was wohl auch einer der Gründe für die lange Feindschaft zwischen unseren Völkern ist«, berichtete Eandorn. »Ob diese Sitte heute noch besteht oder ob das auch früher schon nur ein Gerücht war, das den Kampfesmut unserer Krieger stärken sollte, weiß ich nicht.« Eandorn zuckte mit den Schultern. »Immerhin lebe ich ja noch und kein Troll hat mich zum Frühstück serviert bekommen!«

»Ich weiß ja, dass Elben nicht gezwungen sind, so häufig zu essen und zu trinken wie Menschen – aber bei dir scheint es so zu sein, dass du beides gar nicht mehr tust«, wunderte sich Candric. »Abgesehen davon haben die Trollwächter bisher auch immer nur Kara und mir eine Mahlzeit gebracht.«

»Ich nehme an, dass sie in meinem Fall wohl einfach

etwas abwarten wollen, bis mein Hunger so groß ist, dass ich auch Trollfraß hinunterschlinge. Mag sein, dass das ein paar Jahre dauert. Da es am Hof meines Vaters so viele Köstlichkeiten gibt, habe ich noch nie ausprobieren können, wie lange mein Körper – und vor allem die Magie meines Willens – dazu in der Lage sind, darauf zu verzichten.«

»Na, jedenfalls scheinst du dir um deinen Hunger bislang wenig Sorgen zu machen, während uns der Magen knurrt«, meinte Kara ziemlich übel gelaunt.

Das Schlimmste war, dass sie noch immer nicht wussten, weshalb man sie eigentlich festhielt und was man letztlich mit ihnen vorhatte.

Die Trollwächter, die nach ihnen sahen, gaben keine Auskunft. Zumeist waren es große, einschüchternde Gestalten, gegen die jeder Widerstand ohnehin zwecklos gewesen wäre.

Als Candric von Rhomroor die Ankündigung empfing, dass er zusammen mit Lirandil unterwegs zu ihnen sei, hellte sich seine Stimmung zumindest kurzfristig etwas auf.

»Bevor sie uns finden können, müssen wir aber erst einmal hier raus!«, meinte Kara und warf dabei einen Blick auf den Napf mit etwas, das aussah wie Haferschleim. Die Trolle hielten das wohl für eine unter Menschen übliche Delikatesse. Kara überlegte, was wohl stärker war – ihr Ekel oder ihr Hunger.

»Man hört deinen Magen bis hierher knurren«, meinte Candric. »Und ich bin keineswegs ein Elb!«

»Ja, diese Lärmbelästigung geht von euch beiden aus«,

sagte Eandorn. »Das wäre nicht so schlimm, wenn es nicht manches an Geräuschen überlagern würde, die ich von außerhalb wahrnehme.«

Prinz Eandorn hatte in der Zeit, die er nun schon in diesem Troll-Verlies saß, sehr häufig einfach nur gelauscht, wie er Kara und Candric berichtete. Dadurch wusste er inzwischen sehr gut darüber Bescheid, ob in der Nähe größere Höhlen, Hallen oder Gänge zu finden waren. Er konnte sich anscheinend genau vorstellen, wie es in dem unterirdischen Reich um sie herum aussah, und sogar abschätzen, wie tief unter der Erdoberfläche ihr Verlies liegen musste.

»Und ich dachte, Ohren sind nur zum Hören da!«, meinte Kara erstaunt.

»Es hängt immer davon ab, was man unter Hören versteht«, entgegnete Eandorn. »Aber Wesen, die beinahe taub sind, können da natürlich schlecht mitreden, und ich weiß auch, ehrlich gesagt, nicht, wie ich euch das begreiflich machen soll.«

»Jedenfalls ist es gut zu wissen, dass immerhin einer von uns den Weg kennt, falls es uns gelingen sollte, wenigstens diese Höhle zu verlassen.«

»Am einfachsten wäre es, dem Fluss bis zur Mündung zu folgen«, schlug Eandorn vor. »Dort in der großen Hafenstadt gelingt es uns sicher, unterzutauchen, zumal sich in Trollhaven inzwischen angeblich Kaufleute aus aller Welt angesiedelt haben.« Eandorn zog die Augenbrauen hoch. »Zumindest habe ich das Gesprächen entnommen, die von einigen Trollen auf den Gängen geführt wurden«, schränkte er dann ein.

»Du meinst Händler aus den Reichen der Menschen?«, vergewisserte sich Candric.

»Ja, natürlich!«, nickte Eandorn. »Dass ein Elb sich hier ansiedeln könnte, vermag ich mir jedenfalls nicht vorzustellen – nach all dem Schrecklichen, was in der Vergangenheit zwischen unseren Völkern geschehen ist oder geschehen sein soll. So genau weiß das niemand mehr, dazu ist die Feindschaft einfach schon zu alt.«

»Warum ist sie dann nicht aufgegeben worden?«, fragte Kara.

»Was?«

»Na, die Feindschaft!«, meinte Kara.

»Es reicht doch schon, dass wir seit Langem keinen Krieg führen und uns mehr oder minder aus dem Weg gehen. Elben und Trolle tun so, als würde es die jeweils anderen nicht geben. Mehr kann man nicht erwarten.«

»Nach Frieden klingt das aber nicht!«, meinte Kara.

»Es ist so ähnlich wie zwischen den Menschen des Beiderlandes und den Orks«, sagte Candric. »Aber vielleicht gelingt es ja mir eines Tages, wenn ich König bin, daraus einen richtigen Frieden zu machen.«

»Dir soll das gelingen?«, rief Eandorn skeptisch. »Ich will dich nicht entmutigen, mein Prinzenkollege, aber es gibt zwei Dinge, die dagegen sprechen.«

»Und die wären?«

»Bei genauerer Betrachtung sind es sogar drei.«

»Ich wüsste nicht *einen* Grund, der das verhindern könnte, wenn alle Beteiligten guten Willens sind – und abgesehen davon ist der Anführer der Orks mein persönlicher Freund, wie du ja inzwischen weißt.«

»Ah ja, dieser Rhomroor …«, nickte Eandorn. »Und zu den Dingen, die dagegen sprechen, dass du mit deinem Plan erfolgreich bist: Erstens erhält eine Feindschaft, die schon sehr alt ist, sich selbst. Das ist gewissermaßen ein Naturgesetz. Trolle und Elben brauchen gar keinen Grund mehr für ihre Feindschaft, und bei Orks und Menschen wird es ähnlich sein.«

»Aber das heißt doch nicht, dass man nichts dagegen tun könnte«, ließ sich Candric in seiner Zuversicht nicht erschüttern.

»Der zweite Grund, weshalb dein Plan vermutlich scheitern wird, ist dein kurzes Leben, werter Candric! Du wirst einfach nicht genug Zeit haben, um eine so langwierige Aufgabe zu bewältigen. Und weißt du etwa, ob du einen Sohn haben wirst, der in dieser Frage dieselben Ansichten vertritt wie du, wenn er dir eines Tages auf den Thron folgt?«

»Nein«, gab Candric zu. »Das ist natürlich nicht von der Hand zu weisen.«

»Und der dritte Grund ist der naheliegendste: Wir sitzen zurzeit in einem Trollgefängnis, ohne Aussicht, in den nächsten fünfhundert Jahren zu entkommen. Jedenfalls wüsste ich nicht wie. Das Gestein ist zu dick und zu fest, als dass man es mithilfe von Magie durchdringen könnte. Abgesehen davon würden Hunderte oder Tausende von Trollwächtern uns erwarten, wenn wir zum Beispiel die Tür dort aufbrächen, um hinauszugelangen!«

»Dann werde ich meine ganze Hoffnung auf meine Freunde Rhomroor und Lirandil setzen.«

»Hast du eine Ahnung, wie lange eine Reise durch ganz

Athranor dauert? Beiderland und die Orkländer liegen ganz im Süden des Kontinents, Trollheim aber ist das am weitesten im Norden gelegene Reich! Und das Himmelsschiff eures Freundes Asanil, mit dem ihr zuletzt das Elbenreich besucht habt, wird man diesmal wohl nicht zu Hilfe nehmen können, denn wie ich gehört habe, hat der Magier seine Tausend-Jahre-Reise inzwischen angetreten!«

»Lirandil und Rhomroor fliegen mit einem vielköpfigen Riesengeier hierher«, erklärte Candric. »Es muss sich um eine der Kreaturen handeln, die von Moraxx in der Hornechsenwüste geschaffen worden sind.«

Eandorn horchte auf. Seine schräg gestellten Augenbrauen zogen sich zusammen und die spitzen Elbenohren bewegten sich dabei etwas nach vorn. »Es ist ihnen gelungen, so ein Geschöpf der dunklen Magie zu zähmen?«, wunderte sich Eandorn. »Alle Achtung, das ist angesichts der Tatsache, dass die Elbenmagie in den letzten Zeitaltern immer schwächer geworden ist, eine reife Leistung. Lirandil hat seine magischen Künste ansonsten nie zur Schau gestellt. Vielleicht habe ich ihn daher unterschätzt.«

Eandorn ging offenbar ganz selbstverständlich davon aus, dass es nur Lirandil gewesen sein konnte, dem dieses Kunststück gelungen war. Ein Ork, so schien er zu denken, konnte dazu beim besten Willen keinen Beitrag geleistet haben.

»Du bist doch ein Elb«, meinte Kara. »Kennst du nicht irgendeine Art von Magie, die uns helfen könnte, doch noch aus diesem Verlies auszubrechen?«

»Wenn es so wäre, dann hättet ihr mich hier gar nicht

mehr angetroffen«, erwiderte Eandorn. »Aber ich bin kein ausgebildeter Magier oder Schamane. Und davon abgesehen wäre das auch nicht so einfach, wie du dir das vielleicht vorstellst.«

»Aber hier einfach herumzusitzen und auf den nächsten Napf mit Schleim zu warten, ist ehrlich gesagt auch nicht das Richtige«, meinte Kara.

Eandorn wandte sich an Candric. »Was Lirandil und Rhomroor angeht, würde ich nicht allzu viele Hoffnungen auf die beiden setzen.«

»Wieso nicht?«, fragte Candric.

»Solche gezähmten Geschöpfe der Finsternis sind ausgesprochen unzuverlässig. Es kann gut sein, dass die zwei irgendwo unterwegs von dem Biest abgeworfen werden und es dann für sich allein weiterfliegt!«

»Und worauf setzt *du* deine Hoffnung – falls du überhaupt noch eine hast?«, wollte Candric wissen.

Eandorn lächelte. »Mein Vater, König Péandir, wird nichts unversucht lassen, um mich zu befreien, da bin ich mir sicher. Ich nehme an, dass er zurzeit im Hafen der Blauen Stadt eine Kriegsflotte zusammenstellt, um Trollheim anzugreifen. Zumindest könnte ich mir das vorstellen – obwohl ich nicht einschätzen kann, wie lange das dauert.«

»Du meinst, es könnte Jahrhunderte dauern, bis er genügend Schiffe zusammengebracht hat?«, fragte Candric fassungslos.

Eandorn hob beschwichtigend die Hände. »Ein Kriegszug muss doch gut vorbereitet werden!«, meinte er. »Und jede Entscheidung will gut überlegt sein.«

»Ja, aber muss *gut* wirklich auch immer *lange* bedeuten?«, meinte Kara.

»Ich gebe zu, dass das bei uns Elben öfter mal der Fall ist«, sagte Eandorn. »Aber wer weiß, vielleicht geht diesmal auch alles sehr schnell.«

Sehr viel Hoffnung machten diese letzten Worte des Elbenprinzen nicht.

In dem Verlies konnte man nicht erkennen, ob es Tag oder Nacht war. Die Steinfeuer brannten stets gleichmäßig und sorgten für das immer gleiche flackernde Licht. Nicht einmal für Eandorn war der Unterschied zwischen Tag und Nacht erkennbar, denn Trolle pflegten sich danach nicht zu richten. Und so hörte er ihre Stimmen immerzu reden oder knurren. Es war keinerlei Pause darin zu erkennen.

Candric und Kara konnten ohne Schlaf nicht auskommen und Prinz Eandorn brauchte zumindest ab und zu etwas Ruhe.

Geschlafen hatte er allerdings in der ganzen Zeit, die sie nun schon zusammen in diesem Verlies verbracht hatten, noch nicht.

In der Ecke der Höhle, wo Candric und Kara erwacht waren, lagen auf jeder Seite ein paar grob gewebte Decken, auf denen sie sich bisher hingelegt hatten. Besonders weich war das nicht, denn der Untergrund war aus Stein.

»Typisch Troll«, meinte Candric. »Die können sich

wohl nicht vorstellen, dass es anderen Geschöpfen etwas ausmacht, auf Steinen zu liegen!«

»Trolle werden meistens selbst irgendwann zu Stein, wenn sie sehr alt werden«, sagte Eandorn. »Viele Felsen in ganz Athranor sind versteinerte Trolle. Und wer schon so eng mit den Steinen verwandt ist, kann sich nicht vorstellen, dass Menschen darauf empfindlich reagieren.«

»Wahrscheinlich habe ich überall blaue Flecken, wenn wir zurückkehren«, meinte Candric.

»Ach, du hast doch auch schon in einer Ork-Höhle übernachtet«, meinte Kara, »und ich kann mir, ehrlich gesagt, nicht vorstellen, dass es da gemütlicher gewesen ist.«

»Da hatte ich aber einen anderen Körper«, entgegnete Candric. »Und ein Ork-Körper hält nun mal mehr aus als ein Menschenkörper.«

Prinz Eandorns scharfe Elbenaugen waren plötzlich auf einen bestimmten Punkt gerichtet. Sein Blick wirkte vollkommen starr und die Augenbrauen zogen sich zu einer schlangenförmigen Linie zusammen. »Was liegt denn da bei euch in der Ecke herum?«, fragte er sichtlich verwundert.

Candric und Kara wandten die Köpfe.

»Das Buch …«, murmelte Candric erstaunt. »Ach, nein!«

Für einen kurzen Moment hatte Candric geglaubt, das Buch auf dem Boden liegen zu sehen, das er dem Magier Asanil aus dessen Turm entwendet hatte. Candric rieb sich die Augen. *Anscheinend habe ich mich vertan!*, ging es ihm durch den Kopf. Aber an Karas Gesicht konnte er ablesen, dass er mit seiner Wahrnehmung nicht allein war.

»Ich habe es auch gesehen«, wunderte sie sich. »Allerdings nur ganz kurz.«

»Wieso seht ihr es nicht?«, fragte Eandorn. Er ging auf die Stelle zu, an der das Buch wie achtlos hingeworfen gelegen hatte, und bückte sich. Er machte eine Bewegung, als würde er etwas in die Hand nehmen – nur konnte man es nicht sehen.

Während er zurückkehrte zischte es etwas. Für einen Moment tauchte das Buch wieder auf und strahlte auf magische Weise von innen heraus. Dann verschwand es wieder. Es wurde zuerst durchsichtig und verblasste immer mehr, ehe es schließlich gar nicht mehr sichtbar war.

»Ich hatte Asanils Buch in der Hand, als ich in den Schlund gezogen wurde«, erinnerte sich Kara. »Natürlich habe ich es festgehalten, sosehr ich konnte. Schließlich wollte ich es auf keinen Fall verlieren.«

»Und dann bist du hierhergelangt und die Ohnmacht hat dich ereilt!«, schloss Eandorn. »Leider war ich zu dieser Zeit ja in geistiger Versenkung, sodass ich das nicht so recht mitbekommen habe, aber ich nehme an, dass der Ausgang des magischen Schlundes genau hier war und ihr gewissermaßen sofort auf eure Lager gefallen seid.«

»Ich dachte, die Trolle hätten mir das Buch weggenommen!«, rief Kara.

»Das ist mal wieder typisch Troll«, meinte Eandorn, »und wundert mich nicht im Mindesten. Die steinalten Gesellen wissen einfach nicht, was wirklich gut ist und womit sich etwas anfangen lässt, vorausgesetzt, man beherrscht die Buchstaben der Elbenschrift so einigermaßen …« Eandorn blätterte in dem unsichtbaren Buch herum. »Dieses Buch ist mit einem Zauber versehen, der es für unaufmerksame Augen unsichtbar macht. Meine zählen nicht dazu, wie man sieht.«

»Aber wie kommt es dann, dass ich das Buch vorher sehen konnte«, fragte Candric.

»Nun, wenn jemand sehr unvorsichtig oder unkorrekt einen Zauber aus so einem Buch anwendet, weil er zum Beispiel kein ausgebildeter Magier ist und über die Feinheiten der Magie nicht Bescheid weiß, dann kann es schon mal passieren, dass so ein Verschwindezauber unabsichtlich ausgelöst wird.«

»Genau das ist wohl geschehen«, vermutete Kara. »Schließlich habe ich versucht, mithilfe einer Formel zu verhindern, dass Candric in den Schlund gesogen wird – stattdessen bin ich selber mit hineingerissen worden.«

Eandorn lächelte. »Eigentlich ist es eine Diebstahlsicherung«, sagte er. Dann murmelte er eine einfache, sehr kurze Formel, und das Buch erschien in seiner Hand. »Man empfiehlt, einen solchen Zauber an wichtigen Gegenständen vorzunehmen, bevor man sich auf eine Reise begibt, die einen über die Grenzen des Elbenreichs hinausführt. Allerdings kommt das nur noch selten vor, deshalb interessiert sich kaum noch jemand für derartige Sprüche!«

»Aber du interessierst dich dafür?«, fragte Candric.

Eandorn nickte. »Ich denke nämlich, dass wir Elben uns mehr für den Rest der Welt interessieren sollten.«

»So wie Lirandil«, meinte Kara.

»Ja – oder auch Asanil, mit dem mein Vater sich völlig zerstritten hatte, weil *er* in dieser Frage ganz anders denkt.« Eandorn atmete tief durch, was bei Elben selten vorkam, denn so wie sie wenig Nahrung und noch weniger Schlaf brauchten, so war auch ihr Bedarf an Luft nicht so hoch, wie es bei Menschen der Fall war. »Ich hoffe ja, dass unser Volk sich eines Tages aufraffen kann, um nach den Gestaden der Erfüllten Hoffnung zu suchen. Ein Land, in dem Träume in Erfüllung gehen und in dem die Kraft unserer Magie zurückkehrt. Aber ob es dazu jemals kommen wird, daran zweifle ich.«

»Mein Traum wäre im Augenblick, diese Höhle verlassen zu können«, sagte Kara. »Und vielleicht kann uns dabei dieses Buch helfen.« Sie streckte die Hand aus, aber Eandorn gab es ihr nicht zurück.

»Das ist nichts, womit man einfach herumprobieren kann. Das solltest du inzwischen gemerkt haben!«

»Fest steht, dass wir nicht darauf warten wollen, dass König Péandir von den Elben sich vielleicht in hundert Jahren dazu entschieden hat, mit seinen Schiffen Trollhaven anzugreifen und uns zu befreien«, erklärte Candric sehr ernst.

Eandorn blätterte unterdessen die Seiten des Buches durch. Manchmal leuchtete dabei die Schrift auf magische Weise auf. Hin und wieder sogar so stark, dass der Elbenprinz die Augen zukniff oder sogar den Blick abwandte. »Asanil ist ein Meistermagier«, sagte er. »Hier stehen wirklich höchst interessante Formeln drin. Aber sie sind nicht ungefährlich!«

»Wenn du nicht mutig genug dafür bist, Eandorn, dann werden wir etwas ausprobieren«, erklärte Candric.

»Ich glaube, es ist besser, wenn ich das tue …«

»Und was schlägst du vor?«, fragte Kara.

Doch Eandorn antwortete nicht. Er machte ein nachdenkliches Gesicht und bewegte leicht die Lippen, so als würde er etwas vor sich hin murmeln.

»Ich hoffe nur, dass wir seinen Plan noch zu Lebzeiten erfahren«, sagte Candric.

Eandorn ging ein Stück durch die Höhle, blieb dann stehen und schloss die Augen. Eine ganze Weile rührte er sich nicht und stand wie zur Salzsäule erstarrt da.

Dann ging plötzlich ein Ruck durch seinen grazilen Elbenkörper. »Ich glaube, ich weiß jetzt, was wir tun können!«

Der erste Zauber, den Eandorn anwandte, betraf das Schloss der dicken Tür. Eandorn hatte zwar gemeint, für die Durchführung seines Planes solle man am besten darauf warten, bis einer der Trollwächter in die Höhle trat, um nach ihnen zu sehen, aber Kara und Candric waren nicht bereit dazu gewesen.

Also suchte Eandorn einen Zauber heraus, der »zum Verborgenen führte und Schlösser öffnen konnte«, wie es in dem erläuternden Text des Buches hieß.

Eandorn murmelte die Formel. Daraufhin sprühten Blitze aus dem Schloss. Das Metall schmolz zischend herab.

Die drei mussten einen Schritt zurücktreten, um nicht von der Funkenflut getroffen zu werden.

Sirenenhafte Geräusche entstanden dabei, während die Funken fontänenartig in alle Richtungen sprühten.

»Ich habe euch ja gesagt, dass das alles mit gewissen Risiken verbunden ist!«, meinte Eandorn, »und ich habe euch auch gewarnt, dass ich kein Magier bin und dementsprechend die Wirkung von Asanils Zaubersprüchen nicht unbedingt immer so ganz kalkulierbar ist!«

»Das ist so laut, das weckt wahrscheinlich sogar die Trolle wieder auf, die in den letzten tausend Jahren versteinert wurden!«, meinte Kara besorgt.

Die Tür sprang schließlich auf.

Dahinter öffnete sich ein langer, breiter Gang.

Aber der Weg war keineswegs frei. Die Geräusche hatten ungefähr ein Dutzend Trolle unterschiedlichster Größe herbeigelockt. Sie unterhielten sich in der Trollsprache, sodass man sie nicht verstehen konnte. Ihre knollennasigen steingrauen Gesichter sahen ziemlich verblüfft aus. Die meisten von ihnen hatten bereits ihre Waffen gezogen.

Keulen, Äxte, Schwerter – dagegen schienen Kara und die Prinzen Candric und Eandorn vollkommen machtlos zu sein. Ihre Flucht, so sah es aus, war bereits zu Ende, noch bevor sie richtig begonnen hatte.

Eandorn blätterte nun eine andere Seite des Buches auf und murmelte eine weitere Formel. Eigentlich hatte dieser Teil des Plans erst etwas später in die Tat umgesetzt werden sollen, vor allem aber nicht so überhastet, wie es nun tatsächlich geschah. Doch das war eben nicht zu ändern, denn schon näherten sich die Trolle.

Plötzlich veränderten sich die Höhlenwände. Das Gestein begann sich zu verflüssigen. Geschmolzenes Gestein tropfte von der Höhlendecke und formte glühende Körper, die wie Tropfsteine aus Lava aussahen. Eigentlich hätten sie auseinanderfließen müssen – aber das taten sie nicht. Sie formten Arme und aus glühenden Mündern drangen unverständliche Laute.

»Vulkangeister!«, stellte Eandorn fest. »Nichts fürchten Trolle mehr!« Er sah vollkommen ruhig zu, wie die Trolle in heller Panik davonrannten. Einige ließen sogar ihre Waffen fallen, denn sie wussten offenbar, dass sie damit gegen diese Wesen kaum etwas auszurichten vermochten. Einer der Vulkangeister, dessen sich andauernd verändernder Körper aus glühendem Gestein bestand, hatte gerade auf das zurückgelassene Schwert eines Trolls getreten. Zischend verformte sich die Klinge und schmolz ebenfalls.

Die Vulkangeister nahmen die Verfolgung auf und liefen hinter den Trollen her. Der Gang war jetzt frei. Allerdings tropfte hier und da noch etwas glutflüssiges Gestein von der Decke.

»Verzeiht, wenn ich euch ganz unelbisch zur Eile antreibe«, sagte Eandorn und ging voran. Als er das Zögern von Candric und Kara bemerkte, sagte er: »Worauf wartet ihr? Es ist nur ein Illusionszauber – allerdings einer, der die Trolle für eine Weile in Atem halten wird! Und ehe sie merken, dass es nur eine Illusion ist, sind wir hoffentlich bereits in Freiheit!«

Sie gingen den Gang entlang. Als ein Tropfen glühenden Gesteins plötzlich auf Kara herabfiel, glitt er einfach durch ihren Körper hindurch und löste sich dabei auf. »Es ist tatsächlich nur eine Illusion!«, stellte sie fest.

»Sag ich doch«, meinte Eandorn.

»Hauptsache, die Trolle lassen sich davon täuschen«, sagte Candric. Sie hatten das Ende des Ganges erreicht. Eandorn kannte sich tatsächlich gut aus. Nun zahlte es sich aus, dass er so aufmerksam gelauscht und aus den Geräuschen Rückschlüsse auf die Lage von Gängen und Höhlen gezogen hatte. Als der Gang sich gabelte, war der Elbenprinz sich vollkommen sicher, welche Richtung sie einschlagen mussten.

»Nach links«, sagte er. »Eigentlich kann es dann auch nicht mehr weit bis zum Fluss sein.«

Wenig später mündete der Gang in ein eisiges Höhlengewölbe. Kein Gebäude, das Candric je gesehen hatte, war so gewaltig. Die ganze Stadt Aladar hätte man leicht in der Höhle unterbringen können. In den Wänden flackerten Steinfeuer. Ein breiter unterirdischer Fluss ergoss sich durch das Gewölbe. Zahllose Boote und sogar kleine Schiffe lagen am Ufer.

»Dies hier muss die berühmte Halle des Trollkönigs sein«, meinte Candric bewegt.

Er sah eine in den Stein gehauene Treppe auf der anderen Flussseite. Sie führte zu einem natürlichen Bogen, in den ein Tor aus einem schimmernden Metall eingepasst war. Man hatte das mit einer so großen Perfektion getan, dass man meinen konnte, nicht die Trolle, sondern die Natur selbst hätte das Portal in den Felsen hineingeschlagen. Davor standen große Wächtertrolle. Sie trugen Dreizacke und Schwerter, deren Klingen so lang waren, dass sie beinahe auf dem Boden schleiften, wenn man sie am Gürtel befestigte.

»Residiert dort der Trollkönig?«, fragte Kara.

»Mag sein«, meinte Eandorn. »Jedenfalls habe ich keine Lust, seine Bekanntschaft zu machen.«

Die Wächter wurden jetzt auf sie aufmerksam. Ebenso einige Trolle, die etwas flussaufwärts am Ufer saßen und offenbar mit der Ausbesserung der Befestigungen beschäftigt waren.

Sie sprangen auf, schrien wild durcheinander und griffen zu ihren Waffen. Dann rannten sie auf Candric, Kara und Eandorn zu.

»Zu den Booten!«, rief Candric.

Die Trugbilder der Vulkangeister, die mit der Magie aus Asanils Buch erschaffen worden waren, hatten sich offenbar schon wieder aufgelöst. Jedenfalls waren sie nirgends mehr zu sehen.

Also blieb Eandorn nichts anderes übrig, als den Zauber noch einmal durchzuführen.

Während Candric und Kara bereits die Boote am Fluss erreicht hatten, blieb der Elbenprinz stehen und murmelte noch einmal die Formel, die ihnen so sehr geholfen hatte.

Diesmal befanden sie sich jedoch in einem viel größeren Höhlengewölbe. Eandorns Stimme verursachte ein enormes Echo. Die magische Formel wurde dadurch dutzendfach wiederholt. Entsprechend verstärkte sich auch ihre Wirkung. Überall begann jetzt scheinbar das Gestein aufzuschmelzen. Vulkangeister entstanden aus den geschmolzenen Brocken. Der Boden schien sich ebenfalls zu verflüssigen und selbst das Flussbett färbte sich rot. Die Trolle gerieten zunächst in helle Panik, so wie Eandorn es geplant hatte.

Der Elb lief seinen beiden menschlichen Gefährten hinterher. Candric und Kara hatten inzwischen eines der Boote ins Wasser geschoben. Das war schwieriger gewesen, als Candric zunächst erwartet hatte. Die Boote der Trolle waren ausgesprochen schwer und aus einem besonderen dunklen Holz gefertigt. Candric hatte auch darüber etwas gelesen. Es war das Holz einer Baumsorte, die nur in den Wäldern Trollheims vorkam und besonders hart und schwer war.

Schließlich waren alle drei im Boot und ließen sich flussabwärts treiben.

Candric schaute zurück. Er beobachtete die Trolle. Einigen von ihnen schien aufgefallen zu sein, dass das Wasser des Flusses überhaupt nicht verdampfte, obwohl doch das Flussbett zu glühen begonnen hatte und scheinbar zu Lava geworden war. »Ich glaube, sie kommen gerade darauf, dass sie nur einer Täuschung erlegen sind«, murmelte er, während ein weiterer glühender Brocken neben ihnen ins Wasser plumpste.

Links und rechts von ihnen regnete immer wieder geschmolzenes Gestein von der Höhlendecke – aber während Kara und Candric diesen Niederschlägen instinktiv auszuweichen versuchten, konnte Eandorn darüber nur schmunzeln. »Mir ist noch nie ein Illusionszauber so sehr geglückt«, stellte er fest.

In diesem Moment fiel ein glühendes Stück Gestein herab. Es landete genau zwischen den dreien im Boot. Zischend brannte es sich in das Holz hinein.

»Sind die Trugbilder vielleicht doch etwas zu stark geraten?«, fragte Candric.

In Eandorns Gesicht stand unterdessen der pure Schrecken. Damit hatte er nicht gerechnet. Der Stein erkaltete schnell und brannte sich glücklicherweise nicht durch das schwarze Holz hindurch.

Er schrumpfte etwas zusammen – aber ein Stück von ihm blieb Wirklichkeit. Der Rest eines Trugbildes, das verharrte, obwohl das gegen alle Regeln der Illusionsmagie war.

Eandorn blickte auf Asanils Buch. »Ich sagte ja, dass jemand, der kein ausgebildeter Magier ist, eigentlich nicht mit diesen Kräften spielen sollte!«

Das Boot trieb flussabwärts.

Candric und Kara versuchten es ein bisschen zu steuern, was gar nicht so leicht war. Die Ruder waren ebenso schwer wie das Boot selbst, das sie nur unter großen Schwierigkeiten ins Wasser bekommen hatten.

»Es ist eben ein Troll-Boot«, erklärte Eandorn, der sich an den Bemühungen der beiden Menschen nicht weiter beteiligte. »Was will man da schon groß erwarten! Wir können froh sein, wenn wir mit dieser Nussschale nicht untergehen.«

An der Stelle, an der sich das Trugbild eines Lavastücks

in das Holz eingebrannt hatte, quoll jetzt ein wenig Wasser ins Boot. Nicht viel, aber doch genug, dass Candric einen sorgenvollen Blick darauf warf.

»Die Trugbilder scheinen tatsächlich sehr real geraten zu sein!«, meinte er.

»Ja, das muss ich auch sagen«, stimmte Eandorn zu.

Das Holz war zwar nicht durchgebrannt worden, aber die Hitze hatte offenbar das Werg weggeschmort – so nannte man zerkleinerte Pflanzenfasern, die in Pech getränkt wurden und Schiffe dicht machten. Candric kannte sich damit ein wenig aus, denn seine Heimatstadt Aladar hatte einen der größten Häfen von ganz Athranor, und sein Vater hatte ihn des Öfteren in eine der Schiffswerften mitgenommen, die es hier gab. Schiffe waren für das Königreich Beiderland das wichtigste Transportmittel – so wichtig, dass König Hadran der Ansicht war, sein Thronfolger müsse darüber gut Bescheid wissen.

»Vielleicht gibt es in Asanils Buch ja einen Zauber, der dafür sorgt, dass das Boot wieder dicht wird«, meinte Kara.

Aber Eandorn machte eine wegwerfende Handbewegung.

»Nicht nötig!«

»Was heißt hier ›nicht nötig‹?«, regte Kara sich auf. »Du sitzt hier ganz ruhig, schaust zu, wie wir das Boot auf Kurs halten, und hast nichts dagegen, wenn wir absaufen – was auch nicht angenehmer sein wird, als wenn uns eins dieser angeblichen Trugbilder auf den Kopf fällt, die immerhin so real sind, dass sie sich in das Holz hineinschmurgeln!«

»Es ist nicht weit bis zur Stadt!«, meinte Eandorn – immer noch seelenruhig. Selbst die Tatsache, dass die Trolle sich auf die Verfolgungsjagd gemacht hatten, schien ihn nicht weiter zu beunruhigen. Er blätterte in Asanils Buch herum, als würde er etwas suchen. »Bis das Boot vollgelaufen ist und wir wirklich absaufen, wie du es in deiner Sprache so ungehobelt auszudrücken pflegst, haben wir dort längst irgendwo angelegt – es sei denn, die Wassergeister halten uns auf.«

»Wassergeister?«, fragte Kara und die Kinnlade fiel ihr herunter.

Eandorn sah sie mit sehr ernstem Blick an. Auf seiner sonst vollkommen glatten Stirn hatte sich eine Falte gebildet, die sich von der Nasenwurzel fast bis zum Haaransatz zog. Er nickte auf eine Weise, die angesichts der Situation, in der sie sich befanden, schon fast provozierend bedächtig wirkte.

»Ja. Zumindest hat Fürst Bolandor davon berichtet – ihr habt ihn ja kurz kennengelernt, als ihr zusammen mit Asanil auf der Burg meines Vaters am Elbenfjord gewesen seid!«

»Was hat Bolandor berichtet?«, wollte Candric wissen. Natürlich erinnerte er sich an Fürst Bolandor. Er wusste allerdings nur, dass er einer der verdientesten Gefolgsleute von König Péandir war.

»Ein Troll stahl Bolandor einst einen wertvollen magischen Edelstein. Bolandor folgte ihm mit einer Schar mutiger Elben bis nach Trollhaven. Am Eingang des Höhlengewölbes, das man dic Halle des Trollkönigs nennt, wurde er aber durch Wassergeister aufgehalten. Sie sind offenbar wie Wachhunde dazu abgerichtet, niemandem, der von außen kommt, zu gestatten, den unterirdischen

Strom flussaufwärts zu fahren, was angesichts der starken Strömung sowieso schon sehr schwierig wäre!«

»Und was ist mit jemandem, der nicht in das Gewölbe hinein-, sondern wieder hinauswill?«, fragte Kara.

»Werden wir gleich sehen«, antwortete Eandorn.

In diesem Moment tauchte ein Licht auf. Schon bald war klar zu erkennen, dass es sich um den Ausgang ins Freie handeln musste.

Unterdessen hatten die Wächter-Trolle ebenfalls Boote zu Wasser gelassen. Einige versuchten einfach durch den Fluss zu laufen. Dessen Wasser wurde zwar rasch tiefer, doch das machte den Trollen nichts aus. Sie gingen unbeirrt weiter, auch wenn ihnen das Wasser über dem Kopf zusammenschlug.

»Wie lange Trolle es unter Wasser aushalten können, weiß ich nicht genau«, erklärte Eandorn. »Sicherlich können sie noch länger als wir Elben ohne Luft auskommen. Nur eins weiß ich ganz sicher.«

»Was?«, fragte Candric.

»Sie können nicht schwimmen. Dazu sind sie einfach zu schwer.«

Das Boot trieb auf den Ausgang zu, während die Trollverfolger auf den Booten laut lärmten und ihre Waffen schwangen. Sie holten auf, denn einige der größten und kräftigsten unter ihnen legten sich in die Ruderriemen. Es war nur eine Frage der Zeit, wann das Boot der drei Flüchtlinge eingeholt werden würde. Kara und Candric versuchten weiterhin mit den Rudern zurechtzukommen und die Fahrt ihres Bootes zu beschleunigen. Inzwischen war schon so viel Wasser durch den Boden gedrungen, dass man nasse Füße bekam.

Dann erreichten sie den Ausgang ins Freie.

Man hatte von hier aus schon einen Blick in die Stadt Trollhaven, die sich an den Höhlenausgang anschloss. Schiffsmasten drängten sich an den Anlegestellen und geschäftiges Treiben war zu sehen. Der Lärm von gut besuchten Märkten drang zu ihnen herüber. Der Strom floss in gerader Linie mitten durch die Stadt und ergoss sich dann ins Meer. Mehrere Brücken führten bogenförmig über den immer breiter werdenden Fluss.

Nichts schien es zu geben, was die drei noch daran hindern konnte, in die Stadt zu gelangen und dort in dem unübersichtlichen Chaos unterzutauchen – denn wie man schon aus der Entfernung sehen und hören konnte, waren in den Straßen von Trollhaven nicht nur Trolle, sondern auch Menschen und andere Geschöpfe unterwegs. *Wir werden also kaum auffallen!*, dachte Candric.

Die Verfolger holten immer mehr auf, deswegen legten sich Candric und Kara, sosehr sie nur konnten, ins Zeug, um schneller zu rudern. Immer noch kamen hin und wieder ein paar Trugbilder von Vulkangeistern aus den Wänden. Lavabrocken fielen von der Höhlendecke, verwandelten sich im Fallen in glühende Gestalten, die dann ein Stück über das Wasser gingen, ehe sie zischend darin einsanken oder sich einfach nur auflösten. Einige der Trolle erschreckte das immer noch – denn die Vulkangeister waren für Trolle wohl noch schlimmere Feinde als Elben. Aber die Trugbilder wurden schwächer. Manchmal waren es nur noch rötliche Lichtblitze, die aus dem Gestein herauszüngelten und sich dann bereits wieder auflösten.

Das Boot passierte unterdessen den Ausgang der Höhle, ohne dass etwas geschah.

»Ich kann es nicht fassen!«, staunte Eandorn und erhob sich. Er stand im Boot, was nicht gerade zu dessen Stabilität beitrug. Der Elbenprinz ließ den Blick suchend umherschweifen.

»Wenn selbst du nichts von den Wassergeistern entdecken kannst, dann sind sie wohl nicht da!«, meinte Candric.

»Sie sind ganz bestimmt hier!«, widersprach Eandorn »Ich höre sie sogar unter der Wasseroberfläche murmeln!«

»Und warum halten sie uns dann nicht auf?«, fragte Candric.

»Es ist so, wie ich gehofft habe! Diese Wassergeister sind darauf eingestellt, Eindringlinge abzuwehren. Aber sie kümmern sich nicht darum, wenn jemand die Höhle verlässt!«

»Hat Fürst Bolandor davon vielleicht auch etwas berichtet?«, fragte Kara.

Eandorn nickte und das Boot schwankte ein wenig, als er dann auch noch eine Bewegung mit der Hand machte. »Ja, er konnte nur unter großen Schwierigkeiten in die Höhle hinein, aber ohne Weiteres wieder hinaus – nur glaubte er, dass dies an der Magie lag, die er angewandt hat! Ich werde ihn bei Gelegenheit mal darauf ansprechen.«

»Am besten, du setzt dich wieder, sonst kentern wir!«, rief Kara.

Aber Eandorn schien das gar nicht zu hören. Er wirkte

auf einmal sehr konzentriert und blickte in Asanils Buch. Er murmelte eine Formel, streckte eine Hand aus und ließ einen Lichtstrahl aus Daumen und Zeigefinger herausfahren. Dieser Lichtstrahl bewegte sich sehr viel langsamer vorwärts, als dies normalerweise hätte der Fall sein müssen. Dieses magische Licht war nicht schneller als ein Ball, der geworfen wurde. Außerdem schoss es auf einer bogenförmigen Linie auf das Höhlentor zu. Als es den darüberliegenden Felsen traf, gab es einen grellen Blitz.

Im nächsten Moment erhoben sich Gestalten aus dem Fluss. Sie schienen aus geformtem Wasser zu bestehen und hatten keine Gesichter. Nur ein Mund war in der Kopfmitte zu sehen. Sobald der sich öffnete, drangen drohende Laute aus ihm.

Das sind also die Wassergeister!, dachte Candric. Er befürchtete im ersten Moment, dass diese rasch emporwachsenden Gestalten es sich noch überlegen und die Verfolgung aufnehmen würden.

Doch sie hatten etwas ganz anderes im Sinn.

Dröhnend wandten sie sich dem Eingang der Höhle zu, durch den gerade die ersten Trolle mit ihren Booten fahren wollten.

Doch die Wassergeister traten ihnen wütend entgegen.

Einer von ihnen richtete seinen Arm aus purem Wasser auf die Trolle. Im nächsten Moment schoss ein baumdicker Wasserstrahl daraus hervor, der so stark war, dass das erste Boot innerhalb von Augenblicken gekentert war. Die Trolle purzelten ins Wasser, noch ehe das Bot richtig sank. Das Wasser riss sie einfach mit sich.

Einen Troll, der einfach auf dem Flussgrund weiterzulaufen versuchte, hob einer der Wassergeister aus dem Strom heraus und warf ihn zurück in die Höhle. Platschend fiel er dort wieder in den Fluss.

»Ein Zauber zur Umkehr jeder Magie«, sagte Eandorn. »Scheint ja leichter anwendbar zu sein, als ich dachte!«

Candric sah ihn erstaunt an. »Alle Achtung!«, meinte er anerkennend. »An dir scheint ja ein richtiger Magier verloren gegangen zu sein!«

»Magisches Talent haben alle Elben bis zu einem gewissen Grad«, erwiderte Eandorn. »Aber erstens wird diese Magie bei uns allen langsam, aber sicher schwächer und zweitens muss man eigentlich darin ausgebildet sein, um keinen Schaden anzurichten. Aber nun rudert mal kräftig, denn die Wirkung meines Zaubers ist sicherlich begrenzt und wird bald nachlassen – und dann haben wir die Verfolger wieder am Hals!«

Die Trolle versuchten noch immer vergeblich, an den Wassergeistern vorbei ins Freie zu gelangen. Doch diese ließen keinen von ihnen hindurch.

Inzwischen erreichte das Boot der drei Flüchtlinge die Kaimauer. Prinz Eandorn machte das Boot fest und alle drei stiegen an Land.

Händler aus den unterschiedlichsten Ländern boten ihre Waren feil. Besonders große Trolle schleppten riesige Fässer, die auf Schiffe verladen werden sollten.

Candric hörte die unterschiedlichsten Sprachen und Dialekte. Ein paar zierliche Halblinge mit spitzen Ohren und großen Füßen führten akrobatische Kunststücke vor und ließen sich dafür von den Zuschauern Silbermünzen geben. Die Halblinge waren kaum größer als zehnjährige

Menschenkinder, aber sehr viel geschickter, als es jedes menschliche Wesen je hätte sein können. Die großen Füße behinderten sie dabei in keiner Weise.

»Wohin sollen wir jetzt gehen?«, fragte Kara.

»Erst mal nichts wie weg!«, meinte Candric.

»Dem kann ich nur zustimmen«, pflichtete Eandorn ihm bei. Unterdessen hatte die Magie, die die Wassergeister dazu veranlasst hatte, sich vollkommen anders als sonst zu verhalten, bereits einen großen Teil ihrer Wirkung verloren. Dem ersten Troll war es gelungen, an den Wächtern vorbeizukommen. Er war zunächst nicht zu sehen gewesen, da er einfach auf dem Flussgrund weitergelaufen war und dort wahrscheinlich mit den Wassergeistern gekämpft hatte. Jetzt zog er sich die Kaimauer empor und richtete sich an Land zu voller Größe auf. Er trug zwei Keulen am Gürtel und war natürlich triefnass. Der Troll war mindestens anderthalbmal so groß wie ein hochgewachsener Mann. Er stieß einen verärgerten dumpfen Laut aus. Dann rief er zuerst etwas in der Trollsprache und wiederholte es anschließend noch einmal in der Sprache der Menschenreiche, damit möglichst viele es verstehen konnten. »Haltet sie!«, rief er und deutete mit dem ausgestreckten Arm dorthin, wo Candric, Kara und Prinz Eandorn gerade durch eines der Tore rannten, die die unterschiedlichen Viertel von Trollhaven miteinander verbanden.

Der Troll rannte jetzt ebenfalls – und er war ein sehr guter Läufer. Sehr viel schneller als jeder Mensch, wenn er erst einmal richtig in Fahrt gekommen war. Mit drohendem Ruf stürmte er hinter den drei Flüchtlingen her.

Ein zweiter, etwas kleinerer Troll schaffte es in diesem Moment gerade, die Kaimauer emporzuklettern. Ein dritter und ein vierter folgten wenig später.

Candric, Kara und Eandorn rannten, so schnell sie nur konnten. Gerade am ersten Tor, hatte der Troll mit den zwei Keulen sie beinahe eingeholt.

Doch dann gab es einen lauten Knall! Anschließend folgte ein wütender Troll-Schrei, der so laut war, dass Eandorn sich schmerzerfüllt die Ohren zuhielt. Asanils Buch hatte er in der Zwischenzeit in seinen Gürtel gesteckt.

Candric wandte völlig außer Atem den Kopf und sah, dass das Fallgitter des Stadtviertel-Tors genau im richtigen Moment heruntergeschnellt war, um den Troll mit den zwei Keulen aufzuhalten. Mit voller Wucht war der gegen das Gitter geprallt.

Kara war ebenfalls völlig außer Atem. Sie wollte etwas sagen, musste aber erst einmal nach Luft schnappen.

Eandorn ging es in dieser Hinsicht sehr viel besser. Elben brauchen ja schließlich weniger Luft als Menschen.

»Das war aber ein glücklicher Zufall!«, meinte er.

»Nein!«, stieß Candric hervor. »Das war vielleicht glücklich – aber ganz bestimmt kein Zufall!«

»Das sind die Wälder und Berge von Trollheim«, rief Lirandil, während der vielköpfige Riesenvogel sie mit kräftigen Flügelschlägen vorwärtstrug.

»All die Felsen, die zwischen den Bäumen herausragen – sind das versteinerte Trolle?«, fragte Rhomroor.

Lirandil nickte.

»Ja, in dieser Hinsicht stimmen die Geschichten über Trolle. Sie sterben nicht, sondern sie versteinern. An manchen der Felsen kann man die Körperform des Trolls noch erkennen. Oft gesellen sie sich zueinander, bevor die Versteinerung einsetzt, um nicht allein zu stehen.«

»Wie kommt es, dass Ihr so gut über Trollheim Bescheid wisst?«, fragte Rhomroor.

»Nun, ich bin ein Fährtensucher und außerdem neugierig«, gab Lirandil zurück.

»Heißt das, Ihr habt auch das Land Eurer Feinde besucht?«

»Erzähl es nicht König Péandir, falls du ihm noch einmal irgendwann begegnen solltest, und am besten auch keinem anderen Elben«, beschwor Lirandil den Ork. »Die meisten Elben haben Trollheim höchstens besucht, um Krieg zu führen oder geraubte Gegenstände zurückzuholen. Aber ich war dort um der Erkenntnis willen!«

»Und dabei heißt es, dass Elben und Trolle sich noch weniger ausstehen können als Elben und Orks …«

»Oder Menschen und Orks«, fügte Lirandil hinzu. »Aber betrachtest du mich als deinen Feind? Oder Candric?«

»Natürlich nicht«, prustete Rhomroor.

Zur Bekräftigung rülpste er so laut, dass der Riesenvogel wohl glaubte, das nicht unbeantwortet lassen zu können, und einen krächzenden Laut ausstieß. Einen Laut, der Lirandil besorgt die Stirn runzeln ließ, denn er klang sehr viel aggressiver und widerwilliger, als man es von einem gezähmten Tier erwarten konnte.

»Oh, ich glaube, die Wirkung der Sinnlosen-Blüten lässt nach«, meinte Lirandil.

Schon als sie die Grenze zwischen dem Land Rasal und dem Reich des Waldkönigs von Valdanien überflogen hatten, war der vielköpfige Riesenvogel zum ersten Mal unwillig geworden. Aber Lirandil hatte beruhigend auf das Tier eingesprochen. Als Fährtensucher wusste er sehr gut darüber Bescheid, wie man die unterschiedlichsten Geschöpfe am besten ansprach. Und etwas Elbenmagie war wohl auch im Spiel gewesen.

Das Reich des Waldkönigs hatten sie verhältnismäßig problemlos überflogen. Nur ganz im Norden dieses Reiches, wo der Wald in steppenartiges, trockenes Dornland überging, war es wieder etwas schwieriger geworden, den Vogel zu bändigen. Vor allem hatte man ihn davon abhalten müssen, auf die Jagd nach Hüpfratten zu gehen, die in dieser Gegend beheimatet waren. Die armlangen Nagetiere bewegten sich hüpfend fort und sprangen dabei so hoch, dass sie nahezu jede Turmspitze hätten erreichen können. Für den Riesenvogel wirkten diese Hüpfratten wie eine willkommene Jagdbeute. Einige seiner Köpfe schienen zeitweilig regelrecht den Verstand vor lauter Gier zu verlieren – aber Lirandil hatte sie durch den Einsatz von Elbenmagie schließlich doch von ihrem Hunger ablenken können.

Inzwischen hatten sie Thuvasien, das Land der Magier, hinter sich gelassen und waren schon tief nach Trollheim hineingeflogen und mit jeder Meile, die sie zurücklegten, wurde der Riesenvogel unwilliger. Manchmal änderte er abrupt die Flugrichtung oder er ließ sich plötzlich ein ganzes Stück mit angelegten Flügeln fallen wie ein Stein – nur um sie dann dicht über den Baumkronen der Trollheimer Wälder und den Gipfeln der daraus hervorragenden Felsmassive wieder auszubreiten.

Lirandil murmelte immer wieder Formeln vor sich hin und Rhomroor konnte nur hoffen, dass sie zumindest so lange wirkten, bis sie Trollhaven erreicht hatten.

Einige der Köpfe des Riesenvogels wurden unterdessen wieder zänkisch und begannen sich gegenseitig zu picken und mit dem Schnabel zu zwicken. Lautes Krächzen war zu hören.

»Vielleicht sollte ich mal versuchen, das auf Ork-Art zu regeln!«, meinte Rhomroor, denn er hatte das Gefühl, dass Lirandils beruhigende Formeln immer weniger Wirkung hatten. Außerdem flog der Vogel manchmal für eine Weile in die (nach Lirandils Meinung) falsche Richtung und konnte nur mit großer magischer Mühe dazu veranlasst werden, den Kurs wieder zu ändern. Und gerade, wenn das gelungen zu sein schien, begann schon wieder irgendeiner der vielen Köpfe des fliegenden Ungeheuers, woandershin zu drängen.

Ob sie überhaupt noch auf dem richtigen Weg waren, konnte Rhomroor sowieso nicht beurteilen. In diesem Punkt verließ er sich voll und ganz auf Lirandil. Der war schließlich Fährtensucher und hatte außerdem die scharfen Augen eines Elben.

»Wie würde man denn Schwierigkeiten mit einem widerwilligen Reittier auf Ork-Art beheben?«, wollte Lirandil wissen. Rhomroor hatte den Eindruck, dass auch der Elb langsam mit seiner Weisheit am Ende war.

Und die Zinnen von Trollhaven waren noch nicht einmal irgendwo am Horizont zu sehen, wie der junge Ork besorgt feststellen musste.

»Kann ich schwer erklären«, sagte Rhomroor. »Aber ich glaube, ich würde das so handhaben, wie eine Hornechse, die durchzudrehen versucht!«

Unterdessen wurde der Streit zwischen den Köpfen des Riesenvogels immer heftiger. Einer der Köpfe – es war unglücklicherweise auch noch der zweitgrößte von ihnen, dessen Hals außerordentlich lang und kräftig war – wollte unbedingt in eine Richtung, die vom Ziel stark abwich. Stattdessen zog es ihn in das Innere der Wälder und Berge, aber Trollhaven lag an der Küste. Selbst für Rhomroors vergleichsweise schwache Ork-Augen war am Horizont bereits das Meer als blaues Band hinter dem Grün und Grau der Bäume und Felsen erkennbar.

Als nun der Vogel einen kräftigen Ruck in Richtung der Wälder machte, wurde es Rhomroor zu bunt. Wenn die Methoden seines elbischen Begleiters nicht mehr wirkten, dann musste man es eben anders handhaben. Er kletterte nach vorn, den Hals des größten Vogelkopfs entlang. Dem passte das natürlich überhaupt nicht. Er begann sich zu schütteln. Und ein anderer Kopf senkte seinen geschlossenen Schnabel in Rhomroors Richtung. Es war der Kopf, der andauernd in die falsche Richtung drängte. Wie ein riesiger Dolch fuhr dessen Spitze auf ihn herab. Aber Rhomroor packte den Schnabel mit seiner Pranke, zog ihn zu sich heran und verpasste dem dazugehörigen Kopf einen Faustschlag mit der anderen. Benommen sackte der Vogelkopf herab.

Rhomroor, der sich währenddessen nur durch den Druck seiner Schenkel auf dem Hals des größten Kopfes hatte festhalten können, wurde mitgerissen. Er klammerte sich an den Schnabel des schlaff herabhängenden Vogelkopfes und baumelte hin und her.

»Rhomroor!«, rief Lirandil – für seine Verhältnisse äußerst aufgebracht.

»Halb so wild!«, rief Rhomroor. »Bin ja kein empfindlicher Mensch!«

»Zu höflich, dass du nicht Elb gesagt hast! Warte, ich helfe dir!«

»Lieber nicht, sonst bringt Ihr Euch nur in Gefahr, Fährtensucher!«

Rhomroor kletterte an dem bewusstlosen Vogelkopf wieder empor. Den Angriff eines benachbarten Schnabels wehrte er mit einem so durchdringenden Knurren ab, dass der dazugehörige Kopf sich so weit wie möglich in die andere Richtung lehnte.

»Jetzt wird es friedlicher sein!«, meinte Rhomroor, als er zu Lirandil auf den Vogelrücken zurückgekehrt war. »Der Störenfried, der die ganze Zeit in die falsche Richtung zieht, ist erst mal außer Gefecht gesetzt!«

»So erziehen also Orks ihre Haustiere«, meinte Lirandil.

»Na ja, ich würde so ein Ungeheuer nicht unbedingt als Haustier bezeichnen«, gab Rhomroor zurück.

»Trotzdem bin ich froh, dass ich keine eurer Hornechsen bin! Oder ein Riesenskorpion.«

»Wenn Ihr eine Hornechse oder ein Riesenskorpion

wärt, werter Lirandil, dann wärt Ihr sicher auch klug genug, einfach zu tun, was Euer Reiter von Euch will!«

Der Hauptkopf des Riesenvogels ließ daraufhin ein lautes Krächzen hören, in das mehrere der anderen Köpfe mit einfielen. Es klang fast so, als wollten sie geschlossen gegen Rhomroors Vorgehensweise protestieren – aber Rhomroor beruhigte sich damit, dass das eigentlich nicht sein konnte.

Schließlich bekriegten sich die einzelnen Köpfe untereinander viel heftiger und grausamer, als Rhomroor mit dem einen umgegangen war, der nun immer noch schlaff nach unten hing.

»Sagt mal, wenn da hinten die Küste ist – und das Meer …« Rhomroor sprach nicht weiter, sondern verengte etwas die Augen, um genauer hinsehen zu können.

»Was beunruhigt dich, junger Ork?«, fragte Lirandil.

»Dass wir immer noch nichts von Trollhaven sehen!«

»Du traust meinem Orientierungssinn nicht?«

»O doch! Wenn jemand Athranor kennt, dann zweifellos Ihr! Aber könnt denn Ihr schon etwas erkennen? Schließlich sind doch die Augen von Elben schärfer als die der meisten anderen Geschöpfe!«

»Ja, aber auch ein Elbenauge kann nicht durch ein Hindernis hindurchsehen. Kurz vor der Küste fällt das Land steil ab. Wir müssten also durch Felsen hindurchblicken, um von hier aus die Stadt zu sehen. Deswegen mache ich mir in dieser Hinsicht keine Sorgen.«

»Dann bin ich ja beruhigt.«

»Eher schon in anderer Hinsicht«, murmelte Lirandil und sprach gleich darauf eine der vielen Formeln vor sich hin, die allesamt nur dem einen Zweck dienen sollten – nämlich den Gehorsam des Riesenvogels zumindest so lange zu erhalten, bis sie sich noch etwas näher an Trollhaven befanden.

Doch der Vogel verlor spürbar an Höhe.

»Was ist los?«, fragte Rhomroor verwirrt.

Hatte er nicht den Störenfried unter den Vogelköpfen auf seine orkische Weise viel wirkungsvoller beruhigt als es Lirandil mit den Methoden der Elbenmagie gelungen war?

Doch der Vogel sank immer tiefer und das aufmüpfige Krächzen aus gleich mehreren der Schnäbel ließ nichts Gutes vermuten.

»Wie kann das sein?«, rief Rhomroor. »Wieso dieser Sinkflug?«

»Du hast eins nicht bedacht, Rhomroor!«

»Und was?«

»Der Störenfriedkopf hat zwar immer in Richtung der Wälder gezogen – aber er ist auch eine Gegenkraft zu ein paar anderen gewesen, die offenbar nach unten wollen!«

»Dann haue ich denen auch eins auf den Schädel!«

»Damit wir mit Sicherheit abstürzen?«, fragte Lirandil und schüttelte den Kopf. »Niemand weiß, wie viele seiner Köpfe der Vogel braucht, um seine Flugbewegungen auszuführen.«

Schon streiften sie die ersten Baumkronen. Lirandil schaffte es noch einmal, zumindest den größten Vogelkopf dazu zu bewegen, das Tier wieder etwas aufwärtssteigen zu lassen, doch dann drehte sich das Ungetüm plötzlich mitten im Flug, so als wollte es seine lästigen Reiter abwerfen. Lirandil fiel in die Tiefe. Rhomroor konnte sich gerade noch festklammern, doch dann streifte der Vogel mitten durch eine Baumkrone hindurch. Die Äste verhakten sich an Rhomroors Singendem Schwert und er wurde vom Vogelrücken heruntergerissen.

Hilflos hing er in den Ästen fest und strampelte. Aus mindestens fünf Schnäbeln erklang ein triumphierendes Krächzen. Mit ausholendem Flügelschlag flog der vielköpfige Riesenvogel einen Bogen und verschwand dann irgendwo in südwestlicher Richtung.

Rhomroor ruderte mit Armen und Beinen. Er versuchte mit seinen Pranken irgendeinen Ast oder eine Rankpflanze zu fassen zu kriegen. Dann knackte es.

Das Geäst, an dem er festhing, brach ab. Er fiel in die Tiefe, krachte in die Hauptastgabel des Baumes, konnte sich auch dort nicht halten und landete schließlich mit einem dumpfen Schlag auf dem Waldboden.

Na, das war ja halb so schlimm!, ging es ihm durch seinen Orkschädel. Schließlich konnte er einiges aushalten und steckte nicht in einem dieser erbärmlich schwachen Menschenkörper. So viel er in seiner Zeit im Körper des Prinzen Candric auch gelernt hatte und sosehr ihm das alles sogar unter den Orks zum Vorteil gereichte, so furchtbar war für ihn doch der Gedanke, so verletzlich wie ein Mensch zu sein. Denn ein Mensch, das war ihm vollkommen klar, hätte diesen Sturz kaum überleben können.

Manchmal plagten ihn noch Albträume, in denen er glaubte, im Moment in Candrics Menschenkörper zu stecken und dabei unbedachterweise irgendeinen riskanten

Sprung oder dergleichen mehr durchgeführt zu haben und dabei gestorben zu sein.

Aber glücklicherweise waren das ja nur Träume.

Die Zeit, in der sie beide gegen ihren Willen die Körper hatten tauschen müssen, war vorbei.

Langsam erhob sich der Ork.

Er war nicht einmal richtig dreckig geworden, denn der Waldboden war von einer ziemlich dichten, gleichmäßigen Moosschicht bedeckt.

»Lirandil!«, rief er.

Elbenkörper waren zwar etwas widerstandsfähiger als die von Menschen – aber für solche Stürze ganz sicher auch nicht geschaffen. Dafür hatten sie allerdings ihre Magie und Rhomroor hoffte, dass Lirandil sich damit irgendwie hatte helfen können.

»Lirandil! Fährtensucher!«, rief er noch einmal.

Aber von dem Elben war nirgends etwas zu sehen oder zu hören. Allerdings war Rhomroor sicher, dass der Fährtensucher seinen Ruf gehört hatte. Mit seinen feinen Elbenohren war es gewiss möglich, die Stimme eines Orks auch aus weiterer Entfernung von den Geräuschen des Waldes zu unterscheiden.

Vorausgesetzt natürlich, ihm ist nicht doch etwas passiert!, ging es Rhomroor immer besorgter durch den Orkschädel.

Er machte sich auf den Weg und ging in die Richtung, in der er den abgestürzten Elb vermutete. Mit rudernden Bewegungen arbeitete er sich durch das dichte Unterholz. Nach einem Pfad zu suchen war ihm entschieden zu langwierig. Zwischenzeitlich nahm er das Singende Schwert vom Rucken und schlug sich den Weg frei. Obwohl er dabei das Schwert lieber nur einhändig geführt hätte, griff er mit beiden Pranken zu und stieß bei jedem Schlag einen Schrei aus. Dadurch begann das Schwert auf die bekannte Weise zu vibrieren und seine durchdringenden schrillen Töne zu erzeugen.

»Welchen Ast Ihr auch immer auf Euren Elbenschädel bekommen habt – ich hoffe, dass Euch dieser liebliche Klang aufwecken wird!«, rief er dabei vor sich hin.

Dann stutzte er plötzlich.

Mitten im dichten Gestrüpp des Waldes ragte ein Felsbrocken auf. Er war nur etwa anderthalbmal so groß wie ein sehr kräftiger Ork, und seine Form ließ Rhomroor erschrocken zusammenzucken. Rhomroor hatte den Eindruck, als würde ihn mitten aus dem Stein ein Auge anblicken – und im nächsten Moment sah er, dass der Felsbrocken wie eine zusammengekrümmte Gestalt geformt war. Die großen Füße, der Kopf, die Hände, die Knollennase! Es musste sich um einen der vielen Trolle handeln, die in Trollheim im Laufe der Zeitalter versteinert waren.

Hat der Gesang meines Schwertes ihn geweckt?, fragte sich der junge Ork. *Vielleicht sollte ich vorsichtiger sein!*

Für einen Moment war es Rhomroor so, als würde sich der versteinerte Troll etwas bewegen und sogar ein unwilliges Knurren ausstoßen, weil ihn jemand in seiner Ruhe gestört hatte. Rhomroor sprang erschrocken ein Stück zurück.

Waren das gemurmelte Verwünschungen in der Trollsprache, die er da vernahm? Oder nur das Knacken von Ästen und das Geräusch des Windes, der durch die Baumwipfel strich?

Rhomroor hielt den Blick auf den Felsen gerichtet, um jede noch so kleine Veränderung mitzubekommen. Aber es tat sich nichts mehr. Der Troll schien seine Ruhe wiedergefunden zu haben.

Ich werde mir etwas anderes ausdenken müssen, um Lirandil auf mich aufmerksam zu machen, als das Singende Schwert zu schwingen!, überlegte er.

»Rhomroor!«, ertönte in diesem Augenblick ein Ruf. Äste knackten und die Büsche des Unterholzes bewegten sich.

Rhomroor wirbelte herum und sah eine dunkle schlammfarbene Gestalt zwischen dem Gesträuch hervorkommen. Schon hatte er die Spitze des Singenden Schwertes auf diese Gestalt gerichtet, bei der man an einen Ork hätte denken können, der gerade in eine Schlammgrube gesprungen und daraus wieder hervorgetaucht war.

Aber für einen Ork war die Gestalt entschieden zu mager.

Arme und Beine waren zu lang und der ganze Körper zu grazil und feingliedrig.

»Streng deine Ork-Augen an, bevor du mich mit dem Schwert angreifst!«, schimpfte die Gestalt.

Jetzt sah Rhomroor den Knauf des Schwertes am Gürtel seines Gegenübers, nachdem dieser ihn umfasst hatte. Der Schlamm war deswegen zum Großteil vom Griff des Schwertes abgefallen – genug jedenfalls, um zu sehen, dass Elbenrunen in ihm eingraviert waren.

»Lirandil?«, fragte Rhomroor ungläubig.

»Natürlich! Sag bloß, der Sturz in diesen Schlammtümpel hat mich so entstellt, dass man mich nicht mehr erkennt.«

Rhomroor näherte sich etwas. Dann sah er den Elb von oben bis unten an. Eine dicke Schlammschicht haftete an ihm und zwar vom Kopf bis zu den Sohlen seiner Stiefel. Selbst sein Gesicht war noch davon bedeckt und die Haare starrten vor Schmutz.

»Ihr seht aus wie eines der Schlammmonster, von denen Ork-Eltern ihren Kindern erzählen«, sagte Rhomroor.

»Um ihnen Angst zu machen, nehme ich an«, sagte Lirandil.

»Nein, im Gegenteil! Man erzählt ihnen, dass ein Schlammmonster in der Tiefe der Schlammgrube wohnt, damit sie sich nicht so allein fühlen. Für den Fall, dass mal niemand anderes sich zur selben Zeit in der Grube suhlt.«

»Hätte ich mir ja denken können«, murmelte Lirandil, der hörbar gereizter war als sonst. Er versuchte, sich etwas von dem Schlamm von den Händen zu schütteln. An einigen Stellen löste sich der Dreck, insbesondere dort, wo Lirandils Kleidung aus Elbenseide bestand.

»Ich dachte immer, dass an Elbenseide kein Schmutz haften bleibt und nicht einmal ein Fleck entstehen könnte!«, sagte Rhomroor etwas irritiert.

»Das stimmt ja auch!«, erwiderte Lirandil. Er wischte mit der Hand über seinen Ärmel. Darunter kam vollkommen saubere Elbenseide zum Vorschein. »Allerdings dauert es wohl etwas, bis das alles von mir abgefallen ist! Wenn du nicht so einen furchtbaren Lärm gemacht hättest, der die versteinerten Trolle aufzuwecken drohte, dann hätte ich mich inzwischen längst wieder herrichten können, ohne dass dir überhaupt aufgefallen wäre, was mit mir geschehen ist!« Er rieb an seinem Wams entlang. Der Schlamm schien tatsächlich nicht daran haften zu können, geschweige denn in das Gewebe einzudringen und Flecken zu hinterlassen. »Ärger mit Steintrollen, die wütend darüber sind, dass sie ohne Grund aus ihrem Schlaf geweckt wurden, können wir jetzt wirklich nicht gebrauchen!«, meinte der Elb.

»So seid Ihr geradewegs in einen Schlammtümpel gefallen?«

Lirandil nickte. »Das war mein Glück!«, gestand er, während er versuchte, sich etwas von dem Schlamm aus Haaren und Gesicht zu entfernen. »Nein, genau genommen war es kein Glück. Ich habe meinen Sturz magisch abzufedern versucht und raste auf ein Dornengestrüpp zu. Im letzten Moment konnte ich meinen Sturzflug noch in den Tümpel ablenken, auch wenn Schmutz so ziemlich das Furchtbarste ist, was ein Elb sich vorzustellen vermag!«

»Dann hättet Ihr die Dornen wählen sollen, Lirandil«, fand Rhomroor.

»Wieso das denn? Habe ich etwa orkische Lederhaut?«

»Nein, aber die Selbstheilungskräfte der Elben hätten Eure Wunden rascher heilen lassen und falls nicht, hättet Ihr doch gewiss das eine oder andere Kraut gewusst, das helfen kann!«

Lirandil schüttelte sich, wobei wieder ein bisschen von dem Schlamm fortrutschte und nun den Blick auf einen größeren Teil seines völlig rein gebliebenen Wamses preisgab.

»Ein bisschen werde ich noch zu tun haben, bevor ich

mich nach Trollhaven wagen kann und man mich nicht mehr für ein Monster hält«, erklärte der Elb.

»Ist es in Trollhaven nicht vielleicht besser, ein Monster zu sein als ein Elb?«, erwiderte Rhomroor.

»Das ist allerdings wahr. Aber für mich wäre das unerträglich«, erklärte er. »Da kann ich mir besser die bis dahin hoffentlich wieder vollkommen saubere Kapuze meines Wamses über den Kopf ziehen, damit man nicht gleich meine spitzen Ohren sieht!«

Lirandil wrang sich das Wasser aus dem langen Haar.

»Es wird sicherlich in der Gegend ein Gewässer geben«, meinte Rhomroor. »Zumindest weiß ich von den Menschen, dass sie Wasser zum Waschen verschwenden, und ich glaube, Elben tun dasselbe, wenn die Magie mal nicht reicht, oder sollte ich mich da irren?«

»Du – kümmere dich nicht um meine Sauberkeit, junger Ork!«, erwiderte Lirandil, und Rhomroor begriff, dass der Elb sein inneres Gleichgewicht und die Ruhe, die ihn ansonsten immer so ausgezeichnet hatten, wohl erst wiedergewinnen würde, wenn kein bisschen Schlamm mehr an ihm haftete. »Für dich steht eine andere Aufgabe an!«, fuhr der Elb nach einer Pause fort.

»Und welche?«, fragte Rhomroor.

»Nimm geistige Verbindung zu Candric auf! Und je nachdem, was dir seine Gedanken berichten, werden wir entscheiden, was als Nächstes zu tun ist!«

Candric starrte auf das Fallgitter und den Troll dahinter, der ihn mit giftigen Augen ansah. »Stehen bleiben!«, rief der in der Menschensprache und brüllte anschließend etwas auf Trollheimisch, was Candric nicht verstand.

»Ich schlage vor, dass wir hier nicht länger verweilen!«, meinte Eandorn, der schon fühlte, dass sie von überall die Blicke auf sich zogen. Ein Elb mitten in Trollhaven, das war schon etwas Außergewöhnliches. Sowohl Trolle als auch Menschen machten große Augen. Händler tuschelten miteinander und eine Menschen-Frau meinte zu ihren Kindern: »Das gibt Ärger! Gehen wir schnell nach Hause.«

Unterdessen hatten weitere bewaffnete Trollwächter das Tor erreicht. Sie schimpften die verdutzten Trolle an, die oben auf dem zum Tor gehörenden Wachturm standen und sich nicht erklären konnten, wieso das Fallgitter sich geschlossen hatte. Mühsam begannen sie jetzt, an den Ketten zu ziehen und die Räder zu drehen. Doch da schien sich etwas verhakt zu haben. Unter den Trollen herrschte ein lautes Gebrüll. Diejenigen, die durch das nach wie vor geschlossene Fallgitter aufgehalten wurden, versuchten die Wächter auf dem Turm dazu zu bewegen, selbst die Verfolgung der drei Flüchtlinge aufzunehmen und gleichzeitig das Gitter zu öffnen. Beides konnten sie natürlich nicht und entsprechend verwirrt waren sie deshalb auch. Die Trolle, die sich auf dem Markt befanden, schauten genau wie Menschen und Halblinge einfach nur zu.

»Candric, worauf wartest du?«, rief Kara und zog ihn am Arm. Aber Candric blieb dennoch stehen, denn er hatte etwas sehr Ungewöhnliches gesehen. Schon als das

Fallgitter so plötzlich herabkam, war es ihm vorgekommen, als ob eine schattenhafte Gestalt an den Rädern saß, auf die die Zugketten aufgerollt wurden. Man musste sehr genau hinsehen, um diesen Schatten zu erkennen. Vollkommen lautlos wirkte er und das Einzige, was an ihm von Zeit zu Zeit klar hervortrat, waren die Augen, denn sie leuchteten manchmal kurz auf.

Nun kam dieser Schatten auf Candric zu.

Kara hatte ihn noch immer nicht gesehen. Nur Eandorn sah ihn sofort.

»Vorsicht! Das ist ein Wesen, in dem die dunkle Kraft wohnt!«, rief er.

»Man verfolgt euch?«, flüsterte der Schatten, der so durchscheinend war, dass man sich sehr anstrengen musste, um ihn zu sehen. Manchmal schien er nicht mehr als ein Flimmern zu sein, dann wiederum trat seine Gestalt so deutlich hervor wie eine dünne Rauchwolke, nur um schon im nächsten Augenblick wieder zu verschwimmen.

»Wer bist du?«, fragte Candric.

»Ein dienstbarer Schattengeist«, flüsterte die Stimme. »Stellt keine Fragen, junge Narren, und folgt mir! Sonst lauft ihr den Wächtern in die Arme, die von der anderen Seite in das Viertel kommen!«

»Woher weißt du das?«, fragte Candric.

»Hab nur zugehört … Verstehe die Trollsprache wie ich deine verstehe!«

»Aber …«

»Frag nicht!«

Er sagte das zwar sehr leise, aber mit so großer Bestimmtheit, dass man nicht zu widersprechen wagte.

Candric und Kara sahen sich kurz an und folgten dann ohne viel zu überlegen dem Wesen, das sich »hilfreicher Schattengeist« nannte.

Eandorn widerstrebte dies.

»Das ist ein Wesen der schwarzen Magie!«, warnte er. Aber als er den Tumult von der anderen Seite des Viertels her vernahm und das Waffengeklirr der Trollwächter hörte, die, genau wie der Schattengeist vorausgesagt hatte, inzwischen auch durch das andere Tor des Viertels gekommen waren, folgte auch er.

Der Schattengeist führte sie durch eine enge Seitengasse. Eandorn schaute immer wieder zurück und lauschte. Auf dem Marktplatz war mittlerweile Tumult ausgebrochen. »Die Trollwächter sind uns auf den Fersen!«, stellte der Elbenprinz fest.

»Mir folgen!«, wisperte der Schattengeist. »Dann entkommen!«

»Wo führst du uns hin?«, fragte Candric.

»Zu meinem Herrn.«

»Und wer ist das?«

»Wirst sehen.«

»Aber …«

»Nicht fragen! Jetzt nicht!«

Sie kamen durch Gassen, die mehrheitlich von Menschen bewohnt waren, die sich in Trollhaven angesiedelt hatten. Aber es gab auch sehr kleine Häuser von Halblingen.

Candric fielen die Werkstätten auf. Viele Handwerker hatten sich hier niedergelassen. Vor allem Zimmerleute und Schmiede, aber auch Weber und Gerber.

Dann kamen sie an ein von einer Mauer umgebenes Anwesen.

»Das ist ein Handelskontor!«, stellte Kara überrascht fest.

Candric entdeckte das Wappen der Sieben-Türme-Stadt, der Hauptstadt des Siebenlandes. Offenbar bewahrten hier Händler, die mit ihren Schiffen aus dem fernen Siebenland gekommen waren, ihre Waren auf und wohnten auch innerhalb der befestigten Mauern des Kontors, solange sie in Trollhaven waren. Der Schattengeist öffnete ihnen das Tor. »Folgt mir!«, flüsterte er.

»Zu den Inseln des Siebenlandes hat unser Königreich immer gute Beziehungen gehabt«, sagte Candric.

»Wir haben sowieso keine andere Wahl!«, erwiderte Kara. »Irgendwo müssen wir uns ja verstecken – und ich fürchte, die Trollwächter haben wir noch nicht so ganz abgeschüttelt!«

»Ich bin prinzipiell ja dagegen, Wesen zu folgen, die von dunkler Magie erfüllt sind«, meinte Eandorn. »Man hat mich immer davor gewarnt! Aber in diesem Fall werde ich mal eine Ausnahme machen.«

Sie folgten dem Schattengeist ins Innere des Kontors.

Der Mann, der das Tor eigentlich bewachen sollte, sprang auf. »He, wer dringt hier einfach so ein?«, fragte er.

Aber weder Candric noch Kara oder Eandorn kamen dazu, ihm zu antworten. Stattdessen ergriff der dienstbare Schattengeist das Wort.

»Die Wächter des Trollkönigs kommen! Helft mit, die Elbenseide verschwinden zu lassen!«

Der Mann – ein hagerer Mann mit grauen Haaren – nahm Daumen und Zeigefinger in den Mund und pfiff.

Ein breitschultriger Mann mit rundem Gesicht und einem knielangen Wams trat aus dem Hauptgebäude. Seine Haare waren leicht gelockt. Am Gürtel trug er außer einem Langmesser auch noch einen Beutel, dessen Inhalt bei jedem Schritt klimperte.

»Mein Herr, schnell! Die Trollwächter sind im Anmarsch«, wisperte der Schattengeist.

»Und was machen diese drei hier?«, wollte der Mann mit dem gelockten Haar wissen.

»Sind auf der Flucht! Schnell fort mit ihnen!«

»Ich bin Candric aus Aladar«, erklärte der Thronfolger. »Und dies sind Kara und Eandorn.«

»Ein Elb?«, wunderte sich der Mann mit den gelockten Haaren. »Ich bin Lorgyr aus der Sieben-Türme-Stadt. Kommt ins Haus und steigt die Leiter hinab, die ihr gleich sehen werdet! Aber macht schnell und haltet uns nicht auf!«

Sie traten ins Haus. Die Teppiche, die wohl eigentlich den Boden bedeckten, hatte man zur Seite geräumt. Eine Falltür befand sich in der Mitte des Raumes und mehrere Männer waren damit beschäftigt, Ballen aus Elbenseide dort hinunterzuschaffen. Sie warfen sie einfach hinab. In Windeseile waren sie fertig. »Jetzt ihr drei!«, befahl Lorgyr.

»Es sind schon Trollwächter am Tor des Kontors«, sagte Eandorn. »Ich höre ihre Schritte und …«

»Dann beeil dich!«, fuhr ihn Lorgyr an.

Sie stiegen nacheinander die Treppe hinunter. Dann wurde die Falltür geschlossen. Es war stockdunkel in dem geheimen Keller, in den sie hinabgestiegen waren. Candric tastete nach einem der Elbenseide-Ballen und setzte sich darauf. Das war wenigstens schön weich. Unterdessen hörte man noch, wie die Teppiche wieder ausgelegt wurden.

»Ich hoffe, wir haben richtig entschieden«, meinte Kara skeptisch.

»Still!«, murmelte Eandorn. »Die Trollwächter sind im Inneren des Kontors. Und sie schauen sich überall um!«

»Suchen sie nach uns?«, fragte Candric leise.

»Ja«, flüsterte Eandorn.

Bald waren die Stimmen der Trollwächter auch in dem unterirdischen Versteck zu hören. Die plumpen Trolle trampelten über den Boden, als wollten sie ausprobieren, wie schnell man den Boden zum Einsturz bringen konnte.

Schließlich verschwanden sie wieder und es wurde ruhiger.

Es dauerte allerdings eine ganze Weile, bis die Falltür wieder geöffnet wurde und die drei aus ihrem Versteck emporsteigen konnten.

Lorgyr baute sich breitbeinig auf. »Und nun möchte ich wissen, wer ihr wirklich seid und was ihr von mir wollt«, erklärte der Händler aus dem Siebenland.

Candric überlegte, inwieweit man Lorgyr trauen konnte. Aber Prinz Eandorn schien da keine Bedenken zu haben. »Ich bin Prinz Eandorn, der Sohn von Péandir, dem König der Elben. Und dies ist Prinz Candric, Thronfolger des Beiderlandes.« Er hielt inne, ehe er schließlich fortfuhr. »Dieses Mädchen ist jetzt nichts besonders Wichtiges, aber ihr Name lautet Kara, falls Ihr sie ansprechen wollt.«

»Zwei Thronfolger?«, fragte Lorgyr zweifelnd. »Ja, sicher, und ich habe wohl noch nicht erwähnt, dass ich der Sohn des unbekannten Oger-Königs bin, dessen Reich vor langer Zeit unterging und dessen Grabmal heute noch in Bagorien steht. Nur habe ich aus irgendwelchen Gründen weder die gewaltigen Muskeln noch die grüne Hautfarbe meines Vorfahren geerbt!«

»Ihr scheint Euch über uns lustig zu machen, aber wir sind in großer Bedrängnis!«, sagte Eandorn. »Und abgesehen davon könnt Ihr meinen Siegelring sehen! Auf ihm steht, wen Ihr vor Euch habt!«

Der Elbenprinz hielt Lorgyr seine Hand hin. Die eingravierte Schrift des Siegelrings leuchtete zwar auf, aber der Händler zuckte nur mit den Schultern. »Elbenrunen, so viel sehe ich! Lesen kann ich sie nicht. Und an deinen spitzen Elbenohren will ich jetzt auch nicht herumreißen, denn die trägt hier in Trollhaven niemand freiwillig!«

»Fürwahr!«, nickte Eandorn. »Man nahm uns durch Magie gefangen und jetzt konnten wir fliehen. Wenn Ihr uns helft, wird sich mein Vater erkenntlich zeigen – und die Eltern dieses Menschenprinzen gewiss ebenfalls!«

Der Schattengeist meldete sich nun zu Wort. »Sind gute Seelen … Waren in großer Not! Solltest helfen, Lorgyr!«

»Dann waren die Trollwächter gar nicht wegen der Elbenseide hier, sondern euretwegen?«, schloss Lorgyr.

»Elbenseide?«, fragte Kara.

Lorgyr nickte. »Die Einfuhr und der Verkauf von Elbenseide nach Trollhaven ist verboten, was wohl mit der alten Feindschaft zwischen Elben und Trollen zu tun hat. Allerdings ist Elbenseide sehr beliebt in der Stadt – und das nicht nur bei Menschen und Halblingen, sondern vor allem bei Trollen! Das *Tragen* von Kleidung, die daraus gefertigt ist, wurde im Übrigen auch nicht verboten, nur der Handel damit.«

»Woher bekommt denn ein Händler aus dem Siebenland Elbenseide?«, fragte Prinz Eandorn.

»Um ehrlich zu ein: Sie ist nur nachgemacht. Ein paar geschickte Halblingweber in der Sieben-Türme-Stadt machen das für mich und einem Troll fällt der Unterschied sowieso nicht auf!«

»Das nenne ich Betrug«, tönte Eandorn hochmütig.

Lorgyr zuckte mit den Schultern. »Aber wenn dein Freund hier behauptet, der Thronfolger des Beiderlandes zu sein, nur weil er zufällig denselben Namen trägt, dann ist das in Ordnung?« Candric wollte protestieren, aber Lorgyr fuhr bereits fort: »Hör zu, Candric! Egal ob du nun ein Prinz oder ein Bauer bist, ich helfe dir gerne, weil wir Menschen hier in Trollhaven zusammenhalten müssen und jeder von uns mal in Schwierigkeiten kommen kann.«

»So ist es aber nicht …«, setzte Candric an, doch der Händler ließ ihm keine Gelegenheit zu einer Erklärung.

»Ich nehme an, dass du diese Geschichte erfunden hast, weil du wirklich aus dem Beiderland kommst. Deine Sprache klingt danach. Und ich nehme weiter an, dass du auch wieder dorthin zurückwillst. Ich biete dir und deinen Freunden also an, auf meinem Schiff mitzusegeln! Allerdings geht meine Reise nur bis zur Sieben-Türme-Stadt, doch von da aus ist es nur ein Katzensprung bis Aladar und es fahren regelmäßig Schiffe dorthin!«

Ehe Candric antworten konnte, hatte Kara das Wort ergriffen: »Wir danken sehr für dieses Angebot und werden sicherlich darauf zurückkommen!«

»Dann überlegt es euch nicht zu lange. In ein paar Tagen geht es nämlich los.«

Sie blieben zum Essen im Handelskontor und Lorgyr tischte ihnen reichlich auf. »Bollo, mein dienstbarer Schattengeist, hatte eigentlich nur den Auftrag, die Wächter cinc Wcilc aufzuhaltcn«, sagtc cr.

»Damit ihr die falsche Elbenseide verstecken konntet«, schloss Candric.

»Du hast ja gesehen, es war nur noch ein kleiner Rest übrig und den hätten wir ein paar Stunden später gewiss verkauft gehabt.«

»Woher wusstet Ihr denn, dass die Wachen auftauchen würden?«, fragte Candric.

»Ich wusste nicht, *wann* das geschehen würde – aber mir war klar, *dass* sie kommen. Das geschieht nämlich immer, wenn ich Elbenseide im Angebot habe! Irgendjemand ist dann neidisch auf meine guten Geschäfte und verrät mich an die Trollwächter, und ich muss dann zusehen, dass ich die Ballen schnell genug verschwinden lasse. Aber dafür habe ich ja Bollo …«

»Helfe immer!«, wisperte der Schattengeist.

»Ich habe noch nie ein Wesen wie ihn gesehen«, bekannte Candric. »Und ehrlich gesagt – auch noch nie darüber gelesen.«

»Bin ein dienstbarer Schattengeist«, wiederholte Bollo noch einmal. Der Schattengeist saß mit am Tisch und es war sogar ein Stuhl für ihn reserviert. Allerdings aß er nichts und wahrscheinlich wäre er dazu auch nicht in der Lage gewesen, da er gar keinen richtigen Körper besaß.

»Er ist mir so zugelaufen«, erklärte Lorgyr. »Ich habe eine Ladung Wolle von Baumschafen vom Valdanischen Hafen zur Insel Zagan gebracht und von dort ist er mir einfach gefolgt!«

»Habe immer geholfen!«, sagte der Schattengeist.

»Ja – und manchmal auch Chaos angerichtet«, meinte Lorgyr.

»Aber nie mit böser Absicht!«, verteidigte sich Bollo.

»Jedenfalls bemerkt man ihn kaum, wenn man nicht auf ihn achtet, und darum postiere ich ihn oft am Tor des Stadtviertels, wenn wir etwas Vorsprung vor den Trollwächtern brauchen, um die Seidenballen schnell verschwinden zu lassen!«

Candric und Kara waren sehr froh, sich endlich mal wieder den Magen vollschlagen zu können. Eandorn war da etwas wählerischer. Das Fleisch war ihm zu fett, das Gemüse zu wässrig, die saure Soße zu sauer und die Süßspeisen zu süß.

»Wir Elben haben in jeder Hinsicht feinere Sinne«, erklärte er. »Aber ich werde wohl doch etwas herunterwürgen, um den anderen nicht den Appetit zu verderben!«

»Zu gütig, Eure Hochwohlgeborenheit«, meinte Lorgyr spöttisch.

»Ihr kennt Euch doch aus in Trollhaven«, sagte Kara.

»Ich lebe hier mehrere Monate im Jahr! Wie könnte ich mich da nicht auskennen!«, erwiderte Lorgyr.

»Kennt Ihr auch den Trollkönig?«

»Nun, so angesehen bin ich nicht, dass er mich persönlich in seine Halle einladen würde! Davon abgesehen geschähe das wohl höchstens wegen einer Gerichtsverhandlung, weil man mich doch noch beim Handel mit Elbenseide erwischt!«

»Könnt Ihr Euch vorstellen, warum Trollkrieger durch einen magischen Schlund in zwei Königspaläste eindringen und zwei Thronfolger entführen?«

Lorgyr verengte die Augen. »Ihr meint eure Geschichte wirklich ernst, oder?« Er nickte langsam und fuhr dann fort. »Also, man erzählt über Trollkönig Omrrak in letzter Zeit eigenartige Geschichten, die ich kaum glauben konnte. Aber was ihr sagt, passt dazu!«

»Wozu?«, hakte Kara nach.

»Also, es sind ja nur Gerüchte, aber angeblich soll Omrrak sich stark verändert haben. Vor allem sein Charakter. Und er soll sich neuerdings für Elbenmagie interessieren!«

»Das ist in der Tat für einen Troll – gleichgültig ob König oder versteinerter Felsbrocken – äußerst ungewöhnlich«, stimmte Eandorn zu. »Schließlich dürfte die Elbenmagie hierzulande noch verpönter sein als Elbenseide.«

»Ja, das stimmt«, bestätigte Lorgyr. »Aber ihr habt ja etwas von einem magischen Schlund erzählt. Und das wiederum klingt so gar nicht nach dem, was Trolle an Magie betreiben.«

»Es klingt eher nach der Magie meines Volkes – allerdings nach der dunklen Elbenmagie, deren Anwendung uns eigentlich verboten ist.«

»Moraxx!«, fiel Candric spontan ein.

»Wer bitte?«, fragte Lorgyr.

»Ein Ork, der eine große Anzahl von magischen Schriften gestohlen und die Magie der Elben erlernt hat«, erläuterte Candric. »Und zwar gerade auch die dunkle Magie der Maladran …«

»Sind das nicht die bösen Totengeister der Elben?«, vergewisserte sich Lorgyr.

»Wir nennen sie die vergessenen Schatten«, nickte Eandorn.

»Was auch immer dieser Moraxx damit zu tun haben soll – einen Ork hat hier in Trollhaven seit langer Zeit niemand gesehen. Und wenn es doch so wäre, dann hätte ich garantiert davon gehört.« Lorgyr atmete tief durch. Er musterte Candric. »So bist du wirklich der Sohn von König Hadran und Königin Taleena?«

»Der bin ich«, gab Candric zurück.

»Dann werden deine Eltern sicher ein Schiff schicken können, um dich aus dem Hafen der Sieben-Türme-Stadt abzuholen und dich nach Hause zu holen. Denn bis Aladar segle ich leider nicht, auch wenn ich das sehr bedaure. Aber ich habe anderweitige Verpflichtungen.«

Candrics Gesicht hatte sich plötzlich verändert. Er schien Lorgyr gar nicht mehr richtig zuzuhören. »Wir haben auch noch ein paar anderweitige Verpflichtungen und müssen die Stadt so schnell wie möglich verlassen«, erklärte er.

»Das würde ich euch nicht raten«, sagte Lorgyr.

»Viel zu gefährlich!«, ergänzte Bollo. »Hier seid ihr am sichersten … Nur hier!«

»Bollo hat recht«, glaubte Lorgyr. »Die Trollwächter haben hier doch schon alles durchsucht. Die werden nicht noch einmal auftauchen, glaube ich! Aber wenn ihr jetzt das Kontor verlasst, dann müsst ihr damit rechnen, dass sie wieder Jagd auf euch machen.« Er wandte sich Eandorn zu und meinte: »Ein Elb fällt hier sowieso schon ziemlich auf, und ich fürchte, da reicht es auch nicht, sich einfach die Kapuze vom Wams über die spitzen Ohren zu ziehen! Man wird dir genau ins Gesicht schauen und die schräggestellten Augenbrauen und die bleiche Haut bemerken.«

»Lirandil und Rhomroor sind in der Nähe«, erklärte Candric. »Wir müssen zu ihnen!«

»Lirandil?«, echote Eandorn. »Er ist hier?«

»Ja«, nickte Candric. »Sie sind offenbar nach Trollheim gekommen, um uns zu befreien.«

»Wer sind denn Lirandil und Rhomroor?«, fragte Lorgyr.

»Lirandil ist ein elbischer Fährtensucher und Rhomroor ein Ork«, erklärte Candric.

»Und wie sollen wir sie finden?«, warf Eandorn ein. »Für Lirandil wäre es sicherlich keine Schwierigkeit, hierherzugelangen, wenn man mal davon absieht, dass er hier genauso auffällt wie ich! Aber umgekehrt – ich weiß nicht …«

»Sie sind in der Nähe eines Felsens, der aussieht, als hätte er ein Auge.«

»Das ist der versteinerte Kerrak!«, warf Lorgyr ein.

»Ihr kennt diesen Ort?«, wunderte sich Eandorn. »Ich dachte, dass Ihr nur in der Stadt zu tun habt.«

»Den versteinerten Kerrak kennt hier jeder«, erklärte Lorgyr. »Das ist ein Troll, der vor vielen Zeitaltern versteinerte, wie das bei Trollen nun mal so geschieht, wenn sie sehr alt geworden sind. Aber bei Kerrak hat es eine Besonderheit gegeben! Er wollte zwar einerseits seine Ruhe in der Versteinerung finden, andererseits aber noch mitbekommen, was in der Welt geschieht. Darum, so heißt es, hat er immer noch ein Auge offen und ist sehr leicht zu wecken. Falls das geschieht, kann er sehr zornig werden.«

»Dann können wir ja nur hoffen, dass Rhomroor nicht schon längst den Zorn des versteinerten Kerrak auf sich gezogen hat!«, meinte Kara. »Ihr wisst doch, wie viel Krach er immer macht.«

»Von seinem Singenden Schwert will ich gar nicht erst reden!«

»Singendes Schwert?«, fragte Lorgyr. »Das scheint ein interessanter Zeitgenosse zu sein, auch wenn er ein Ork ist und man denen ja nichts Gutes nachsagt.«

»Nur Vorurteile!«, erwiderte Candric.

Lorgyr zuckte mit den Schultern. »Jedenfalls werden diese schlammbedeckten Schmierfinken ganz sicher nie Elbenseide bei mir kaufen wollen.«

»Gefälschte Elbenseide«, gab Eandorn zu bedenken.

»Also, ihr könnt ja tun und lassen, was ihr wollt«, meinte Lorgyr. »Aber an eurer Stelle würde ich bis zum Einbruch der Nacht warten, um die Stadt zu verlassen. Den Weg zum versteinerten Kerrak kenne ich und kann ihn euch auf einer Karte zeigen. Er ist eigentlich nicht schwer zu finden, denn ein Trampelpfad führt geradewegs dorthin.«

»Ein Trampelpfad?«, wunderte sich Eandorn.

»Ja. Damit der versteinere Kerrak nicht wirklich zu erwachen braucht, kommen mehrmals im Jahr ganze Gruppen von Trollen zu ihm und erzählen ihm alles, was geschehen ist. Und wenn so eine Trollhorde durch den Wald trampelt, dann sieht man es hinterher, das könnt ihr mir glauben! Eine richtige Straße hat sich dort gebildet – und es gibt in der Nähe auch ein Dorf, in dem ein paar Kunden von mir wohnen.«

»Ein Troll-Dorf mitten im Wald, dessen Bewohner Elbenseide tragen!«, konnte sich Eandorn nur wundern. »Wenn ich das zu Hause am Hof meines Vaters erzähle, wird mir niemand glauben!«

»Ach, was deinen Vater, den Elbenkönig, betrifft ...«, begann Lorgyr dann ein anderes Thema.

Eandorn hob die Augenbrauen. »Ihr wolltet etwas bemerken, werter Lorgyr?«

»Heute kamen ein paar Seefahrer in den Hafen. Die wollen gesehen haben, dass sich eine riesige Flotte auf die Trollheimer Küste zubewegt!«

»Eine Flotte?«, fragte Kara.

»Die Seefahrer sind sicher, dass es Elbenschiffe waren. Ich habe die Männer für verrückt gehalten. Wenn man zu lange auf See ist, sieht manch einer so alles Mögliche im Nebel oder in den Wolken. Aber wenn Trolle den Thronfolger des Elbenreichs entführt haben, ergibt es einen Sinn!«

»Dein Vater hat eine Elbenflotte geschickt, um dich zu befreien!«, rief Candric und sah dabei Prinz Eandorn an.

»Dann wird es Krieg zwischen Elben und Trollen geben«, vermutete Eandorn.

Nach Einbruch der Dunkelheit verließen Candric, Kara und Eandorn das Handelskontor und schlichen sich aus der Stadt.

Bollo, der dienstbare Schattengeist, begleitete sie, um die Wachen abzulenken. Aber das war gar nicht nötig, wie sich herausstellte, denn inzwischen hatte sich auch anderswo die Kunde herumgesprochen, dass sich angeblich eine Elbenflotte Trollhaven näherte. Und so waren die Trollwächter in heller Aufregung. Wer jetzt die Tore der Stadt passierte, interessierte sie kaum noch, denn sie waren nun vor allem damit beschäftigt, sich auf die Verteidigung vorzubereiten.

Karren mit Munition für Katapulte wurden von besonders kräftigen Trollen durch die engen Straßen geschoben.

»Ich hoffe, wir sehen uns wieder«, sagte der Schattengeist, kurz nachdem sie die Stadt verlassen hatten. In der Dunkelheit waren seine leuchtenden Augen etwas besser zu sehen als sonst – der Rest seiner Gestalt allerdings fast gar nicht mehr. Selbst Eandorn hatte manchmal Schwierigkeiten, in die richtige Richtung zu sprechen, wenn er mit ihm redete.

»Sind die Tore eigentlich in der Nacht geschlossen?«, fragte Candric.

»Nein. Allerdings könnte sich das ändern, falls es zum Krieg kommt. Aber normalerweise sind sie auch in der Nacht offen. Trolle gehen im Mondschein zu ihren versteinerten Ahnen hinaus. Habe ich schon oft gesehen. Sprechen dann mit ihnen.«

Der hilfreiche Schattengeist huschte zurück zur Stadt. Allerdings nahm er nicht den Weg durch das Tor, das sie zuvor passiert hatten, sondern wählte einen kürzeren Weg: Geradewegs über die Mauer. Leicht wie eine Feder schnellte er an der Mauer empor. Ein Flimmern, mehr war von ihm nicht zu sehen. Einer der Trollwächter, der gerade die Wehrmauer entlangpatrouillierte, drehte sich kurz zu ihm um, so als hätte er etwas bemerkt. Aber dann war der Schattengeist auch schon wieder aus seinem Blickfeld verschwunden.

Der Trampelpfad, von dem Lorgyr gesprochen hatte, war nicht schwer zu finden. Der Mond stand hell und rund am Himmel, sodass man verhältnismäßig gut sehen konnte.

»Ich bin überzeugt davon, dass Moraxx hinter alledem steckt«, sagte Candric. »Er hat offenbar seine Pläne, der mächtigste Herrscher von Athranor zu werden, immer noch nicht aufgegeben!«

»Aber es wurde doch nirgendwo ein Ork gesehen«, stellte Eandorn fest.

»Vielleicht bekommt Lorgyr doch nicht alles mit«, meinte Candric, »und auch diese Gerüchte über König

Omrrak sollten uns zu denken geben. Ein Troll, der sich für Elbenmagie interessiert! Dass ich nicht lache!«

»Moraxx ist doch auch ein Ork, der sich für Elbenmagie interessiert, und darüber hätte man vielleicht früher auch lachen können – bis er mit seinen Getreuen auf schwimmenden Riesenschildkröten unsere heiligen Hallen ausgeraubt hat!«

Eandorn war der Zorn darüber, den wohl jeder Elb empfand, noch anzumerken. Dass ein Ork so etwas gewagt hatte, musste viele Elben tief in ihrem Stolz getroffen haben.

»Und wenn in diesem Trollkönig die Seele von Moraxx wohnt?«, fragte Kara. Sie wandte sich an Candric. »Er hatte doch schließlich früher auch die Macht, deine Seele mit der von Rhomroor zu vertauschen, und als wir im Elbenreich waren, fuhr er doch sogar in den Körper des Elbenkönigs!«

»Es muss noch mehr dahinterstecken«, meinte Candric. Er schnippte mit den Fingern. »Was verspricht er sich davon, Eandorn und mich zu entführen?«

»Glaubt ihr vielleicht, dass ein Ork schlau genug sein könnte, die Reaktion meines Vaters vorherzusehen?«, fragte Eandorn und lieferte die Antwort mit einem Kopfschütteln gleich selbst mit. »Dass er eine ganze Flotte schickt, hätte nicht einmal ich erwartet. Schließlich habe ich vergeblich versucht, eine innere Verbindung zu ihm herzustellen.«

»Und jetzt?«, fragte Kara. »Hast du diese Verbindung jetzt?«

»Ich weiß es nicht. Ich überlege sowieso die ganze Zeit, ob nicht irgendetwas mit uns geschehen ist.«

»Was meinst du?«, fragte Candric.

»Etwas Magisches ... Ich kann es nicht besser erklären, aber es könnte etwas sein, das mich daran gehindert hat, die geistige Nähe meines Vaters zu spüren.«

Candric hielt plötzlich an. Er dachte noch einmal an die vergangenen Ereignisse zurück, versuchte sich genau zu erinnern, wie es gewesen war, als er in den magischen Schlund gestürzt war. »Wir waren bewusstlos«, sagte er. »Aber du warst die ganze Zeit über wach! Das hast du gesagt, Eandorn!«

»Ich habe bisher gedacht, ich wäre eine Weile in geistiger Versenkung gewesen. Aber inzwischen halte ich es für möglich, dass das in Wahrheit ein magischer Bann war, der auch jetzt noch verhindert, dass ich mich erinnere.«

»Hat man uns vielleicht mit irgendeinem Zauber belegt, der sich bei Elben und Menschen nur unterschiedlich auswirkte?«, fragte Kara.

Eandorn zuckte mit den Schultern. »Sosehr ich mich auch anstrenge, ich komme nicht darauf. Es ist so, als wenn man etwas gerade noch wusste und dann ist es plötzlich nicht mehr in den Gedanken, obwohl man sich eigentlich sicher ist, dass man sich erinnern können müsste!«

Candric verstand sehr gut, was Eandorn meinte.

»Das empfinde ich genauso«, erklärte er.

»Vielleicht weiß Lirandil Rat«, sagte Eandorn. »Er ist zwar noch jung, hat aber oft das Wissen eines viel älteren Elben.«

»Es könnte daran liegen, dass er so viel gereist ist und sich für die Welt außerhalb des Fernen Elbenreichs interessiert«, vermutete Kara.

Eandorn schien diese Ansicht zu teilen. »Ja, das könnte sehr wohl zutreffen«, meinte er.

Sie erreichten schließlich den versteinerten Kerrak. Das Mondlicht fiel gerade so, dass es das Auge beschien, von dem Lorgyr gesprochen hatte. Ein Auge, das tatsächlich so wirkte, als würde es die Umgebung beobachten.

»Schön, dass ihr da seid!«, wisperte eine Stimme. Sie klang wie ein gekrächztes Flüstern, unterbrochen von vielen Gurgellauten, und war deswegen nicht auf Anhieb zu verstehen.

Während Eandorn und Kara sich erschraken, erkannte Candric die Stimme auf Anhieb, obwohl sie sehr verfremdet war.

»Rhomroor!«, rief er.

Rhomroor trat aus den Schatten heraus und legte einen Finger seiner Pranke an das Maul – genau in die Mitte zwischen die Hauer. Diese Geste hatte er während seiner Zeit bei den Menschen kennengelernt. »Still«, murmelte er. »Oder wollt ihr den versteinerten Kerrak wecken?«

»Nein, natürlich nicht«, sagte Candric etwas eingeschüchtert.

»Ich freue mich, dich zu sehen, Candric«, sagte Rhomroor und gab Candric einen Stoß, der ihn taumeln ließ. Gerade noch rechtzeitig hatte der Ork seine Pranke abgebremst, sonst wäre der Prinz von Aladar erst einmal bewusstlos gewesen oder hätte sich zumindest übergeben müssen. So kam er vermutlich mit einem blauen Flecken davon.

Candric stöhnte kurz auf.

»Tut mir leid, meine Freude war so groß«, sagte Rhomroor.

»Ja, wir haben uns auch eine Weile nicht gesehen.«

»Ich glaube, jeder von uns hat es erst mal genossen, wieder nur in seinem eigenen Körper zu sein«, meinte Rhomroor. »So gut ich dich leiden kann, Candric – aber die Zeit, als dieser magische Fluch auf uns lastete und wir immer zu Vollmond in den Körper des anderen fuhren, vermisse ich ganz und gar nicht.«

»Obwohl es ja manchmal auch ganz schön praktisch war«, meinte Candric. »Und wenn mir jetzt zum Beispiel ein Troll begegnen würde, um mich wieder gefangen zu nehmen, hätte ich nichts dagegen, mit dir mal wieder den Körper zu tauschen.«

»Ja, ich weiß noch, wie sich alle gewundert haben, dass Candric plötzlich Sieger im Nachwuchs-Ritterturnier wurde, obwohl es ansonsten doch immer ein Graus für ihn war, dabei überhaupt mitmachen zu müssen!«, meinte Kara.

»Ich schlage vor, ihr sprecht ein anderes Mal über gute alte Zeiten«, fuhr Prinz Eandorn dazwischen. »Bis jetzt habe ich Lirandil noch nirgends gesehen. Ist er nicht bei dir, Ork?«

»Ich bin hier!«, sagte eine ruhige Stimme.

Lirandil trat aus den Schatten der Bäume hervor. Niemand hatte ihn kommen hören, und es war Candric schleierhaft, wie der Fährtensucher sich, ohne einen Ast knacken zu lassen, durch das Unterholz bewegt hatte.

Von seinem Absturz in den Schlammtümpel war nichts mehr zu sehen. An seinem Wams aus Elbenseide wäre daran ohnehin nichts haften geblieben, aber er hatte auch seine restliche Kleidung und seine Haare gründlich gereinigt.

»All der schöne Schlamm!«, entfuhr es Rhomroor. »Es

ist ein Jammer! Waschen ist Wassermissbrauch, so sagt man in den Orkländern.«

»Wozu sollte man denn Wasser deiner Meinung nach verwenden?«, fragte Candric.

»Natürlich zum Tränken von Hornechsen oder zum Anlegen einer Schlammgrube!«, erwiderte Rhomroor. »Aber das ist einem Elben wohl nicht beizubringen.«

»Ich habe nur ganz wenig Wasser benutzt«, erklärte Lirandil. »Der Rest war Elbenmagie. Und bevor Rhomroor jetzt ausführlich die Geschichte von unserem Flug mit einem Riesengeier und meinem Absturz in einen Schlammtümpel erzählt, möchte ich erst einmal noch ein paar Einzelheiten über eure Flucht erfahren.«

Sie tauschten ihre Neuigkeiten aus. Candric, Kara und Eandorn berichteten von dem, was ihnen widerfahren war, von den Gerüchten über König Omrrak, von ihrem Verdacht, dass Moraxx, der Fünfzahnige, hinter ihrer Entführung stehen könnte, und nicht zuletzt auch von dem Herannahen der Elbenflotte.

»Man bereitet sich in Trollhaven auf einen Krieg vor, das ist ganz eindeutig«, erklärte Eandorn.

»Ich hatte eigentlich gehofft, dass wir jetzt nur noch das Problem hätten, wie wir wieder von hier fortkommen, da uns der Riesenvogel ja im Stich gelassen hat und er sich vermutlich wohl auch so schnell von niemandem mehr zähmen lassen wird«, meinte Lirandil.

»Könnte es sein, dass wir unter einem Zauberbann stehen, der verhindert, dass wir uns an das erinnern, was unmittelbar nach unserer Ankunft in der Halle des Trollkönigs geschehen ist?«, wandte sich Candric an Lirandil.

Einige Augenblicke sagte niemand ein Wort. Lirandil sah Candric nur nachdenklich an, dann berührte er mit Daumen und Zeigefinger die Schläfe des jungen Thronfolgers. Es blitzte leicht und zischte dabei. Lirandil schloss die Augen und nickte schließlich.

»Sagt mir, was los ist!«, verlangte Candric, aber der Elb brachte ihn mit einem Kopfschütteln zum Schweigen. Dann berührte er auch Kara und Eandorn für einige Augenblicke mit Daumen und Zeigefinger an der Schläfe. Nun war er sich anscheinend sicher. »Es wurde tatsächlich ein Zauber auf euch gelegt«, stellte Lirandil fest. »Leider bin ich kein ausgebildeter Magier und kann deswegen nicht näher bestimmen, um was für ein Ritual es sich handeln könnte! Und außerdem …«

»Vielleicht steht es in Asanils Buch!«, meinte Kara.

Candric war nicht begeistert davon, dass Kara dieses Buch überhaupt erwähnt hatte. Schließlich musste er nun erklären, wie er in dessen Besitz gelangt war.

Lirandil runzelte die Stirn, als Eandorn, der das Buch im Moment in Besitz hatte, es zunächst Candric zurückgab, bevor dieser es Lirandil in die Hand drückte.

»Wie kommst du denn an ein Buch, das Asanil gehört – wie im Übrigen auch einige der Runen hier beweisen!« Lirandil sah sich das Buch genau an und schüttelte verständnislos den Kopf.

»Das ist im Moment vielleicht nicht ganz so wichtig«, meinte Candric.

Da war Lirandil allerdings anderer Ansicht.

»Das ist sehr wohl wichtig«, erklärte er. »Einen Freund bestiehlt man nicht – und Asanil war ganz gewiss dein

Freund, denn sonst hätte er dich damals kaum zur Stadt der Spiegel geflogen, nur um den Fluch endlich zu brechen!«, gab Lirandil etwas empört zurück.

»Im Moment sollte uns vielleicht eher interessieren, ob uns die magischen Zauberformeln in dem Buch irgendwie helfen können, um herauszufinden, was genau mit uns geschehen ist!«, mischte Kara sich ein.

»Dabei werden euch diese Formeln kaum helfen können«, entgegnete Lirandil. Der Fährtensucher lauschte plötzlich angestrengt. Im nächsten Moment wirkte auch Eandorn sichtlich beunruhigt. Candric hatte es im Gefühl! Die beiden hörten Dinge, die ihm noch sehr fern und sehr unbedeutend schienen.

»Was ist los?«, fragte Candric irritiert.

»Trolle!«, stellte Lirandil fest und drehte sich um. Sein Blick glitt das Unterholz entlang, so als erwartete er jeden Moment, dass dort irgendjemand heraussprang.

Lirandil warf Eandorn das magische Buch zu, um die Hände frei zu haben. Die rechte umfasste den Schwertgriff, bereit, die Waffe sofort herauszuziehen.

Von allen Seiten waren sie plötzlich von bewaffneten Trollen umzingelt – sie kamen aus dem Wald und richteten die Spitzen ihrer Schwerter und Speere auf die Eindringlinge.

»Keine Bewegung – ihr Elbengezücht mit euren menschlichen Freunden!«, sagte einer der Trolle. »Im Namen des Trollkönigs! Was habt ihr hier zu suchen?«

Keiner der drei wusste eine Antwort. Der Anführer der Trolle musterte sie der Reihe nach.

»Wir haben keinerlei üble Absicht!«, versicherte Lirandil.

»Das kann jeder sagen!«, antwortete einer der anderen Trolle. Sie unterhielten sich kurz in ihrer eigenen Sprache. Dann war es entschieden. »Ihr kommt mit in unser Dorf«, erklärte er. »Dort werden wir dann beraten, was mit euch geschehen soll!«

In diesem Moment ertönte ein dumpfes Grollen. Alle blickten zu dem Felsen, der als der versteinerte Kerrak bekannt war. Das Auge, das die ganze Zeit über vom Mond angestrahlt worden war, lag jetzt im Schatten. Der Fels begann sich zu regen. Dafür hob sich der Kopf des Versteinerten so, dass ein Mund zu sehen war. Für einen Moment schien Kerrak erwacht zu sein. Er sprach Worte in der Trollsprache, die Candric nicht verstand.

»Macht Euch keine Sorgen«, murmelte Lirandil.

»Ihr versteht diese Sprache?«, fragte Candric.

Unterdessen legte der erwachte Steintroll seinen Kopf wieder nach vorn auf das, was vielleicht seine versteinerten Knie waren, und wurde vollkommen zu Stein – bis auf sein Auge, das noch immer zu beobachten schien, was sich in seiner Umgebung zutrug.

»Ich bin im Laufe der Zeit als Fährtensucher viel herumgekommen und vielen unterschiedlichen Wesen begegnet«, erklärte Lirandil an Candric gerichtet. »Auch Trollen – obwohl Kerraks Sprache ein sehr alter Dialekt und nicht ganz einfach zu verstehen ist.«

»Mitkommen!«, sagte der Anführer des Trolltrupps etwas weniger barsch. Ob das mit dem zusammenhing, was Kerrak gesagt hatte, konnte Candric nur vermuten.

Jedenfalls nahmen die Trolle Candric, Kara, Rhomroor und Lirandil in die Mitte und gingen mit ihnen durch den Wald. Der Pfad, dem sie folgten, war längst nicht so breit wie der, der von Trollhaven zum versteinerten Kerrak führte.

»Was hat Kerrak denn gesagt?«, wollte Candric wissen.

»Ich glaube, er hat ein gutes Wort für uns eingelegt«, antwortete Lirandil.

»Und wieso?«

»Weil er unserem Gespräch wohl schon die ganze Zeit über zugehört hat! Und wenn ich das richtig verstanden habe, werden wir gleich eine Überraschung erleben und jemanden treffen, mit dem ich nicht gerechnet habe.«

Sie erreichten ein Trolldorf. Vermutlich handelte es sich um den Ort, von dem auch Lorgyr schon gesprochen hatte, denn zwischen den Hütten sah man vereinzelt Trolle in Gewändern herumlaufen, die aus Elbenseide zu sein schienen – gefälschter Elbenseide, wie Candric inzwischen wusste. Aber der Unterschied war Candric ja schon nicht in Lorgyrs Keller aufgefallen, als sie bei den versteckten Stoffballen ausgeharrt hatten, bis die Trollwächter abgezogen waren. Eandorn hingegen erkannte den Unterschied sicherlich auf den ersten Blick.

Im Dorf hatten sich in kürzester Zeit mehrere Hundert Trolle versammelt und umringten die Ankömmlinge.

Es wurde so viel durcheinandergeredet, dass wohl auch Lirandil Schwierigkeiten hatte, etwas zu verstehen.

Dann bildete sich eine Gasse unter den Trollen. Ein großer, mächtiger Troll kam mit steinfarbenem Gesicht auf die Ankömmlinge zu. Sein struppiger Bart war ebenfalls steinfarben, sodass man auf den ersten Blick an eine sich bewegende Statue denken konnte. Er überragte den hochgewachsenen Lirandil mindestens um die Hälfte und war außerdem noch sehr breit. Seine riesigen Füße steckten in gewaltigen Stiefeln und seine Pranken glichen großen Schaufeln. An einem der dicken Finger war ein Abdruck zu sehen – so als wäre an dieser Stelle einmal ein Ring gewesen. Der Troll trug Gewänder aus grobem Tuch und stützte sich auf einen mit Schnitzereien verzierten dünnen Baumstamm, den er offenbar als Stock benutzte. Einer der Trolle, die Candric und die anderen ins Dorf begleitet hatten, sprach mit ihm in dessen Sprache – und obwohl er leise redete, verriet Lirandils Lächeln, dass er jedes Wort mitbekam.

»Seid gegrüßt, Fremde«, sagte der Troll mit dem verzierten Baumstamm schließlich. »Unser Ahne Kerrak ist euretwegen aus seiner Versteinerung erwacht. Er hat euch zugehört und darum wissen wir, was euch hergeführt hat!«

»Seid ebenfalls gegrüßt, Omrrak, rechtmäßiger König in Trollheim!«, erwiderte Lirandil.

Der Troll öffnete seinen breiten zahnlosen Mund. Da die Kiefer eines Trolls schon so hart wie Stein waren, brauchten sie keine Zähne, um Nahrung zu zerkleinern. Er stieß einen drohnenden Laut der Überraschung aus.

»Woher kennst du mich? Sind wir uns schon einmal begegnet?«

»Ich bin Lirandil, Fährtensucher aus dem Volk der Elben, wie man mir unschwer ansieht. Nein, wir sind uns nie begegnet, werter König, auch wenn ich Euer Land schon bei anderer Gelegenheit betreten habe. Aber der Abdruck an Eurem Finger gleicht in seiner Form dem Königsring von Trollheim. Und den habe ich an der Hand Eures Vorgängers gesehen, als er durch Trollhaven zog, um sich bejubeln zu lassen!«

»Das muss mindestens 500 Jahre her sein!«, murmelte der Troll. »Elben waren damals bei uns noch weniger beliebt als heute!«

»Ja, ich war damals noch sehr jung und unerfahren. Wer weiß, ob ich mich sonst – eingehüllt in einen Kapuzenmantel – überhaupt hierher gewagt hätte. Aber sagt mir, was macht ein Trollkönig im Wald? Soweit ich weiß, ist seine Residenz doch Teil des großen Höhlengewölbes, das man nicht umsonst die Halle des Trollkönigs nennt!«

»Sagt bloß, dass Eure Neugier Euch damals auch an diesen, für Fremde und ganz besonders für Elben verbotenen Ort geführt hat?«

»Dazu will ich lieber schweigen«, erwiderte Lirandil und wiederholte seine Worte in der Sprache der Trolle, was König Omrrak noch mehr erstaunte. »Es kommt so gut wie nie vor, dass Fremde die Sprache der Trolle erlernen. Selbst die vielen Menschen, die inzwischen in Trollhaven siedeln und ihre Häuser errichten, erwarten, dass man *ihre* Sprache spricht.«

»In diesem Punkt bin ich gewiss eine Ausnahme«, sagte Lirandil.

»Es gibt viele Gerüchte, die man sich zurzeit über mich erzählt«, erklärte der Trollkönig dann.

»Unter anderem sollt Ihr Euch für Elbenmagie interessieren«, sagte Lirandil.

Der Troll ließ ein tiefes Grollen hören. »Ich kann mir nicht vorstellen, dass das tatsächlich jemand glaubt. Ich will euch die Wahrheit über das erzählen, was geschehen ist.« Der Trollkönig wandte sich an Candric und Eandorn. »An meiner Stelle sitzt jetzt ein Wesen im Thronsaal der Halle des Trollkönigs, das zwar genauso aussieht wie ich, aber nichts mit mir gemein hat!«

»Ist dieses Wesen zufällig ein Ork?«, fragte Candric.

»Es hat fünf Zähne«, erklärte Omrrak. »Mehr kann ich dazu nicht sagen, denn so viele Orks sind mir noch nicht begegnet, dass ich genauer sagen könnte, was typisch an ihnen ist.« Dann deutete der Trollkönig auf Rhomroor. »Mit dir hat diese Kreatur schon eine gewisse Ähnlichkeit, wie ich gestehen muss.«

»Dann ist es Moraxx!«, war Candric überzeugt.

»Ich konnte mit Mühe und Not zu meinen Verwandten in dieses Dorf flüchten«, erklärte Omrrak. »Hier lebe ich nun möglichst unauffällig und bereite meine Rückkehr vor. Zwar ließen sich die Trolle von Trollhaven durch das Trugbild dieses fünfzahnigen Orkmagiers täuschen – aber das gilt nicht für unsere versteinerten Ahnen! Sie stehen auf meiner Seite und wenn ich mit ihnen nach Trollhaven zurückkehre, werden den getäuschten Trollen die Augen geöffnet!«

»Dazu müsstet Ihr sie aus ihrem steinernen Schlaf wecken«, gab Lirandil zu bedenken. »Ich verstehe als Elb gewiss nicht besonders viel von versteinerten Troll-Ahnen, aber ist es nicht so, dass die sehr ungehalten reagieren können, wenn man sie weckt?«

»Wir wecken sie nicht«, erklärte der Trollkönig. »Nicht im wörtlichen Sinn zumindest. Aber meine verbliebenen Anhänger und die Mitglieder meiner Familie gehen überall zu den versteinerten Ahnen und sprechen zu ihnen. Sie erklären ihnen die Lage und die steinernen Ahnen hören gerne zu. Aber was den dreisten Umsturz des Fünfzahnigen betrifft, erregt diese Neuigkeit nur den allergrößten Zorn bei ihnen, sodass sie gerne bereit sind, noch einmal zu erwachen, um mir zu helfen! Ich brauche ihnen nur zu sagen, wann es losgehen soll!«

»Und wann soll das sein?«, fragte Candric.

»Ich will zuerst alles über eure Geschichte erfahren. Jede Einzelheit, die ihr über diesen Moraxx und seine Magie wisst, könnte entscheidend sein, um ihn zu besiegen!«

Candric, Rhomroor, Kara und Lirandil wurden in eine der größeren Hütten geführt, in der der vertriebene Trollkönig zurzeit lebte. Er ließ sich von Candric und Eandorn ausführlich erzählen, was mit ihnen geschehen war und wie sie aus der Gefangenschaft entkommen waren.

»Ich bin überzeugt davon, dass mit Prinz Candric und Prinz Eandorn derselbe Zauber durchgeführt wurde wie mit Euch, König Omrrak«, sagte Lirandil.

»Und was ist mit mir?«, fragte Kara, weil Lirandil sie nicht erwähnt hatte. Vielleicht war sie einfach nicht so wichtig, da sie als Einzige nicht von königlichem Geblüt war und von ihr nicht die Zukunft irgendeines Königreichs abhing.

Lirandil drehte sich zu ihr um. »Auch an dir erkenne ich winzige Spuren magischer Beeinflussung. Allerdings sind sie – wie bei Candric und Eandorn auch – schon im Schwinden begriffen.«

»Heißt das, Moraxx ist im Moment in der Lage, in meiner Gestalt zu erscheinen – oder in der von Candric oder Kara?«, fragte Eandorn. »Ich kann mir nicht vorstellen, dass irgendein Elb sich davon täuschen lassen würde – und schon gar nicht mein Vater, König Péandir, der für seinen durchdringenden Blick bekannt ist.«

»Vielleicht wird sich das ja schon bald herausstellen«, sagte Kara bedächtig. »Schließlich nähert sich eine Elbenflotte der Küste von Trollheim, die gekommen ist, um Prinz Eandorn zu befreien.«

»... oder seine Herausgabe zu fordern«, vollendete der Trollkönig. »Genau das wird geschehen – und es ist für den fünfzahnigen Thronräuber der ideale Moment, um seinen Einfluss auf das Elbenreich auszudehnen!«

»Wieso das?«, fragte Eandorn.

Omrrak lachte dröhnend. »Hat man nicht immer behauptet, Elben seien so weise? Wie kommt es dann, dass das ausgerechnet auf dich nicht zuzutreffen scheint! Die Sache ist ganz einfach. König Péandir wird die Herausgabe seines Sohnes verlangen und man wird ihm gehorchen. Der König der Elben wird so glücklich darüber sein, dass sein Sohn wieder bei ihm ist, dass ihm gar nicht auffallen wird, dass er von einem Trugbild getäuscht wird!«

»Solltet Ihr nicht froh sein, wenn es so kommt?«, fragte Candric. »Schließlich würde Moraxx doch dann Euer Reich verlassen – denn er kann ja nicht an mehreren Orten zugleich sein, in welcher Erscheinung auch immer.«

»Da wäre ich mir nicht so sicher«, meinte Lirandil besorgt. »Es gibt den Zauber der Mehrortigkeit, der es dem Betreffenden erlaubt, an mehreren Orten zugleich zu sein. Er ist lange nicht mehr angewendet worden und gehört zu der dunklen Art von Magie, auf deren Gebrauch die Elbenheit seit Langem verzichtet.«

»Aber Moraxx kennt diese Art von Magie und hatte bisher auch keine Skrupel, sie anzuwenden!«, stellte Eandorn fest.

»Unter dieser Voraussetzung ergibt es auch einen Sinn, dass er den Zauber offenbar auch an Kara durchgeführt hat.«

»Das verstehe ich nicht«, sagte Kara. »Ich bin keine Königstochter und ich werde auch kein Königreich erben. Warum sollte jemand, der die Macht über das Beiderland an sich reißen will, ausgerechnet meine Erscheinung annehmen?«

Lirandil hob die Augenbrauen. »Du bist die Tochter eines hohen Hofbeamten, Kara. Und wenn Moraxx schon die Fähigkeit hat, an mehreren Orten zugleich und in verschiedener Gestalt zu erscheinen, dann kann es aus seiner Sicht doch nicht schaden, wenn er auch in deiner Gestalt am Hof agieren kann. Ursprünglich beabsichtigt war das wohl nicht, aber da du nun mal schon durch den magischen Schlund gesogen wurdest …«

Lirandil wurde in diesem Augenblick jäh unterbrochen.

Ein Troll polterte in die Hütte hinein und wandte sich

an seinen König. Er sprach dabei ausschließlich in der Trollsprache und schien sehr aufgeregt zu sein. Immer wieder vollführte er ausholende und rudernde Bewegungen mit seinen mächtigen Trollpranken.

Lirandils Stirn umwölkte sich. »Dieser Troll berichtet davon, dass die Elbenflotte vor der Küste aufgetaucht ist. König Péandir hat persönlich das Kommando und droht damit, einen magischen Krieg gegen Trollheim zu führen, wenn sein Sohn nicht sofort freigelassen wird!«

»Einen magischen Krieg?«, fragte Kara. »Was bedeutet das?«

»Es bedeutet, dass mein Vater an Bord der Schiffe viele unserer Magier und Schamanen versammelt hat. Sie werden die Geister des Windes und des Wassers zu Hilfe rufen oder große Gesteinsbrocken auf Trollhaven schweben und dann herabfallen lassen. Oder sie werden mit magischen Hörnern so kraftvoll blasen, dass die Felsen der Halle des Trollkönigs dabei zerspringen. Es gibt so viele Dinge, die unter diesen Begriff fallen, dass ich sie unmöglich alle aufzählen kann.«

König Omrrak ergriff nun das Wort. Er sprach in der Trollsprache.

»Es geht los!«, sagte daraufhin der Elb. »Omrrak lässt die versteinerten Trollahnen rufen – und dann führt unser Weg so schnell wie möglich nach Trollhaven!«

In den frühen Morgenstunden schreckte Candric aus dem leichten Schlummer auf, in den er gefallen war. Kara war schon wach. Sie saß aufrecht auf dem Boden in Omrraks Hütte und lauschte angestrengt. Ein dumpfes Grollen war zu hören, untermalt von stampfenden, aber sehr langsam wirkenden Schritten.

»Das klingt ja wie ein Erdbeben!«, meinte Candric.

»Oder wie eine Hornechsenherde, in der die Tiere immer von ihrem linken Beinpaar auf das rechte treten, weil sie frieren«, sagte Rhomroor.

»Ich habe immer nur erlebt, dass es bei euch in den Ork-Ländern warm ist!«, sagte Candric.

»Das liegt daran, dass du noch nie da warst, wenn der kalte Nordweststurm weht.«

Sie waren allein in der Hütte. Sowohl der Trollkönig als auch Lirandil und Eandorn waren nicht mehr da.

»Wo sind die anderen?«, fragte Kara.

»Ich habe ein bisschen geschnarcht und nichts davon mitbekommen, wie sie die Hütte verlassen haben«, antwortete Rhomroor.

Kara erhob sich, Candric folgte ihrem Beispiel und auch Rhomroor rappelte sich auf. Als sie wenig später ins Freie traten, sahen sie, dass sich sämtliche Einwohner des Trolldorfs versammelt hatten – einschließlich ihres Königs. Dieser trug jetzt wieder seinen königlichen Siegelring, der aus einem Metall gefertigt war, das in der Dunkelheit leuchtete. Er hielt seine Pranke hoch, zum Zeichen dafür, dass er jetzt vor niemandem mehr verbergen würde, wer er war. Die Trolle hatten einen sehr tief klingenden Gesang angestimmt. Vielleicht diente er dazu, die versteinerten Trollahnen herbeizurufen. Jedenfalls war Candric überzeugt davon, dass die lauten, erdbebenähnlichen Geräusche und das langsame Stampfen von diesen zum Teil ziemlich großen erwachten Steinkolossen stammten. Candric hatte in einem der Bücher in der königlichen Bibliothek von Aladar gelesen, dass Trolle nicht nur ihr ganzes Leben lang wuchsen, sondern auch noch wenn sie schon lange versteinert waren. Das war der Grund dafür, dass die meisten dieser versteinerten Ahnen ihre lebenden Artgenossen um einiges überragten.

Der Boden erzitterte jetzt unter ihrem Tritt.

Bäume wurden zur Seite gebogen wie Sträucher, die im Weg standen. Und dann kamen auch schon die ersten der Versteinerten aus dem Wald hervor. Ihre Bewegungen waren so bedächtig, wie es die Geräusche schon hatten vermuten lassen.

Candric entdeckte Lirandil und Eandorn, die das Herannahen der Trollahnen schon früher gehört hatten als alle anderen.

»Da seid ihr ja«, rief Prinz Eandorn. »Lirandil meinte, dass man Menschen besser schlafen lässt, wenn sich die Gelegenheit dazu bietet! Und Orks auch, falls sie sowieso schon zu schnarchen begonnen haben!«

Lirandil nickte. »Der Prinz der Elbenheit hat recht! Heute werden wir alle hellwach sein müssen – gleichgültig, ob Elb, Mensch, Ork, Troll oder …«

»… steintoter Troll«, ergänzte Rhomroor.

Im Osten ging derweil die Sonne über den Bäumen auf und sandte ihre ersten Strahlen durch die Wipfel.

Dann erblickte Candric einen Troll, der ungefähr so

groß war wie einer der kleineren Wachtürme in der Königsburg von Aladar. Im ersten Moment hätte Candric ihn gar nicht wiedererkannt, aber dann fiel ihm das Auge auf.

Es war das linke Auge des Trolls, mit dem dieser den Prinzen aus Beiderland aufmerksam betrachtete, während das rechte aus irgendeinem Grund geschlossen blieb. *Kerrak!*, dachte Candric.

Er hatte sich verwandelt. Davon, dass er vor Kurzem noch in den steinernen Todesschlaf der Trolle gefallen war, ließ sich kaum mehr etwas erkennen. Nur die grauen Ablagerungen unterhalb des linken Auges erinnerten nachdrücklich daran.

Kerrak stieß einen lauten Ruf aus, woraufhin unter den Trollen Jubel ausbrach.

»Das ist der traditionelle Kriegsruf der Steinernen, den man nur dann zu Ohren bekommt, wenn Trollheim in höchster Gefahr ist«, raunte Lirandil Candric zu. »Ich hoffe allerdings, dass es eine andere Lösung geben wird als einen Krieg. Ganz gleich, wer da am Ende auch gegen wen kämpfen mag.«

Ein gewaltiger Zug von Trollen – versteinerten und unversteinerten – bewegte sich auf Trollhaven zu. Angeführt wurde er von Omrrak. Candric, Lirandil, Rhomroor und Kara waren in seiner Nähe.

Als die Mauern der Stadt auftauchten, wurden dort sofort die Hörner geblasen, um Alarm zu geben.

Die Tore waren schon geschlossen, denn draußen auf See drohte ein furchtbarer Feind. Hunderte von langen, schmalen Elbenschiffen ankerten vor der Stadt. König Péandirs Flotte war zum Angriff gerüstet. Abertausende von Elbenkriegern waren an Bord der Schiffe. Sie standen jederzeit bereit, ihren Bogen zu spannen und einen Pfeilhagel auf Trollhaven niedergehen zu lassen. Hoch am Himmel schwebten Abertausende von gewaltigen Felsbrocken scheinbar schwerelos dahin.

»So war es auch früher, zur Zeit der Trollkriege«, sagte Lirandil düster. »Die vereinigte Kraft unserer Magier lässt diese Felsbrocken aus dem Elbenreich über das Meer bis hierher schweben, um sie über den Feinden fallen zu lassen!«

»Felsbrocken aus dem Elbenreich bis hierher schweben zu lassen, das ist … Wahnsinn!«, stieß Candric hervor.

»Nein, es ist der Beginn eines magischen Krieges«, korrigierte Lirandil. »Und früher hat es viele davon gegeben. Man sagt, dass die Felsen des Elbengebirges, aus dem auch diese Brocken stammen, noch vor einigen Zeitaltern mehr als dreimal so hoch waren wie heute.«

»Und die Elben bezeichnen uns Orks immer als grausam!«, knurrte Rhomroor, den der Anblick der fliegenden Felsbrocken so sehr schaudern ließ, dass er seine letzte Aussage nicht einmal mehr durch ein kräftiges Rülpsen unterstrich.

Der Grund dafür, dass die Elben Felsbrocken aus ihrem eigenen Gebirge nach Trollheim schweben ließen, lag auf der Hand: Wenn sie Felsen aus Trollheim magisch beeinflusst hätten, wäre immer damit zu rechnen gewesen, aus Versehen einen der versteinerten Trollahnen zu wecken. Und einfach nur Trugbilder zu verwenden, war zu unsicher, wie Candric und seine Gefährten selbst während ihrer Flucht aus ihrem Verlies erlebt hatten.

Die zum Teil riesigen Gesteinsbrocken schwebten langsam auf die Stadt zu, und eine Taube kehrte zu den Elbenschiffen zurück. Sie hatte vermutlich die Forderung von König Péandir überbracht.

Kerrak führte zusammen mit König Omrrak den Zug an.

»Öffnet Eurem König das Tor!«, dröhnte Kerrak so laut, dass man es mit Sicherheit an Bord der Elbenschiffe hören konnte.

Die Wächtertrolle gehorchten. Denn dem Wort der versteinerten Ahnen vertrauten sie vollkommen – und Kerrak, zu dem viele von ihnen ja mehr oder minder regelmäßig pilgerten, um ihm von dem Geschehen in Trollhaven zu erzählen, vertrauten sie besonders.

Die Tore öffneten sich.

»Einige der Wächter wundern sich etwas darüber, dass ihr König offenbar nicht in der Stadt ist, obwohl sie geglaubt haben, er säße in seinem Thronsaal!«, übersetzte Lirandil für Candric und die anderen. »Aber Kerrak erklärt ihnen gerade, dass sie einem magischen Betrug aufgesessen sind!«

Während der Zug sich weiter durch die Straßen fortbewegte, zeigte König Omrrak allen den Königsring an seiner Pranke. Sowohl Trolle als auch Menschen und Halblinge waren aus ihren Häusern gekommen, um zu sehen, was geschah.

Schließlich erreichten sie den Fluss, der mitten durch Trollhaven strömte und über den man in die Halle des Trollkönigs gelangen konnte.

Ein Boot wurde gerade seeklar gemacht. Ein Dutzend

Trollruderer war an Bord. Der Steuermann war gerade damit beschäftigt, die Taue zu lösen.

Am Bug des Bootes stand aufrecht – ein junger Elb.

Er glich Prinz Eandorn bis auf das kleinste Haar. Offenbar sollte der vermeintliche Elbenprinz an Bord eines Elbenschiffs gebracht und König Péandir übergeben werden.

In Wahrheit würde Péandir jedoch nicht seinen Sohn, sondern ein magisches Trugbild in die Arme schließen, geschaffen durch verbotene Magie.

Der echte Prinz Eandorn erschrak bis ins Mark, und sein Gesicht wurde noch blasser als gewöhnlich. Er trug Asanils Buch noch immer bei sich. Jetzt nahm er es hervor und rief dann laut genug die Formel, die auch Kara benutzt hatte, um zu verhindern, dass Candric in den magischen Schlund hineingezogen wurde.

Es war eine Formel, die dazu geschaffen worden war, einen Zauber zu schwächen – was bei Kara gründlich schiefgegangen war.

»Nein, Eandorn, was tust du!«, rief Lirandil.

Der Fährtensucher hätte dem Thronfolger des fernen Elbenreichs wohl am liebsten Asanils Buch aus der Hand gerissen – doch er stand in diesem Moment zu weit entfernt. Als Lirandil Eandorn erreichte, war es zu spät, und der Zauber hatte bereits gewirkt.

Ihn jetzt zu unterbrechen, davor schreckte selbst der Fährtensucher zurück.

Eandorn hielt das Buch in der Linken. Mit den Fingern der freien Rechten zeigte er auf seinen unheimlichen Zwilling auf dem Trollboot. Fadendünne Lichtstrahlen schossen aus den Fingerspitzen heraus und trafen den falschen Eandorn. Dieser schrie auf und verwandelte sich. Seine Erscheinung schien einige Augenblicke lang zu verschwimmen. Fünf lange Hauer wuchsen dem falschen Elbenprinzen aus dem Mund, der sich innerhalb eines Lidschlags zu einem tierhaften Maul vergrößerte. Ein knurrender Laut ging von ihm aus.

»Moraxx«, knurrte Rhomroor grimmig und zog sein Singendes Schwert.

Moraxx versuchte, Eandorns magischen Angriff abzuwehren. Er rief eine Formel, richtete seine Pranke auf Eandorn, die sich für kurze Momente wieder in zartgliedrige Elbenhände zurückverwandelten.

Doch Rhomroor ließ sein Singendes Schwert einen durchdringenden Ton anstimmen, der allen durch Mark und Bein ging und sogar die Trollahnen, die eigentlich nicht so leicht aus der Ruhe zu bringen waren, erschrocken aufstöhnen ließ.

Der zurückverwandelte Moraxx war davon natürlich auch betroffen. Für einen Moment war er abgelenkt und konnte sich nicht genügend gegen den Zauber wehren, den Eandorn angewendet hatte. Die Gestalt verblasste nun völlig. Ein lauter Zornesschrei folgte, dann ein greller Lichtblitz. Anschließend war nichts mehr von ihr zu sehen.

Der Trollkönig stieß daraufhin ein Triumphgeheul aus.

»Ist Moraxx besiegt?«, fragte Candric an Lirandil gewandt.

»Keineswegs«, antwortete der Fährtensucher ernst. »Durch Eandorns unbedachten Zauber hat Moraxx lediglich die Fähigkeit verloren, an mehreren Orten gleichzeitig zu sein. Und das wahrscheinlich nur für den Moment!«

»Was heißt hier unbedacht!«, beschwerte sich Eandorn. »Dieser fünfzahnige Ork hat mir mein Gesicht gestohlen und wollte meinen Platz einnehmen!«

»Aber du bist kein ausgebildeter Magier«, gab Lirandil zurück.

»Hätte ich es einfach geschehen lassen sollen?«

»Das wäre vielleicht besser gewesen.« Mit diesen Worten nahm Lirandil Eandorn das Buch aus der Hand. »Dieser verbotene Zauber, der es ermöglicht, an mehreren Orten zugleich zu sein, erfordert viel Kraft, und es ist ungewiss, wie lange Moraxx die noch gehabt hätte! Aber durch dein Eingreifen hat er jetzt vielleicht eine Möglichkeit zur Flucht!«

Der Trollkönig stieg in eines der Boote. Nur Augenblicke später wurde er bereits von seinen Getreuen flussaufwärts gerudert. Auch Kerrak und die anderen Trollahnen folgten ihnen. Die meisten benutzten allerdings keine Boote. Sie stiegen einfach ins Wasser und wateten hinter dem Boot des Königs her. Viele von ihnen waren so groß, dass ihnen das Wasser kaum bis zum Bauch reichte.

Candric und Kara lösten ebenfalls die Taue eines Bootes. Lirandil und Eandorn sprangen an Bord. Rhomroor folgte als Letzter und setzte sich gleich an die Ruder.

Mit kräftigen Ruderschlägen folgten sie dann den Trollen.

»Ich hätte nicht gedacht, dass wir diesen Fluss so schnell ein zweites Mal befahren«, bekannte Kara, »und dann noch in entgegengesetzter Richtung!«

»Am Eingang zur Höhle sind Wassergeister«, warnte Candric unterdessen Lirandil.

»Ich weiß«, erwiderte dieser. »Jeder Elb weiß davon, der die Geschichte von Fürst Bolandors Fahrt zur Halle des Trollkönigs kennt – aber ich glaube, dass König Omrrak sie zu besänftigen weiß!«

»Das will ich hoffen! Wir hätten nämlich bei unserer Flucht beinahe mit ihnen Bekanntschaft gemacht!«

Als der König mit seinem Boot den Eingang zur Höhle erreichte, erhoben sich tatsächlich die Wassergeister. Sie wuchsen aus dem Wasser heraus und wirkten fast wie aus Glas. Das Licht der Sonne ließ sie glitzern. Die abwehrenden Gesten ihrer langen Arme mit den riesenhaften schaufelähnlichen Händen verhießen nichts Gutes. Offenbar hatte Moraxx ihnen befohlen, niemanden hereinzulassen. Sie stießen drohende Laute aus. Aber dann sprach König Omrrak beruhigend auf sie ein. Seine Worte in den tiefsten Kehllauten der Trollsprache schienen sie zu überzeugen. Die Gestalten der Wassergeister schrumpften zusammen und verneigten sich dabei vor Omrrak, ehe sie schließlich wieder völlig eins wurden mit dem Strom.

Omrrak, der in seinem schwankenden Boot aufrecht stand, drehte sich um und wandte sich Eandorn und Lirandil zu. »Wir brauchen vielleicht noch einmal eure Magie«, sagte er. »Auch wenn es manche als Schande ansehen mögen, dass ein Trollkönig für Elbenmagie dankbar sein muss!«

Kerrak mischte sich mit einem dröhnenden Laut ein, den man nicht zu übersetzen brauchte. Er drängte vorwärts und es schien ihm vollkommen gleichgültig zu sein, mit welcher Magie die geheime Herrschaft des fünfzahnigen Betrügers beendet wurde.

Candric und Rhomroor saßen nebeneinander und ruderten das Boot mit kräftigen Zügen ins Höhlengewölbe hinein. Dabei versuchten sie den Trollen, so gut es ging, auf den Fersen zu bleiben.

»Kräftiger, Mensch!«, raunte Rhomroor Candric zu. »Sonst können wir keinen Kurs halten!«

»Du willst doch nicht etwa einen Körpertausch vorschlagen, Rhomroor«, meinte Candric daraufhin.

»Wieso nicht? Alle fünf Ruderschläge übernehme ich deinen Körper für einen Schlag und dann tauschen wir wieder!«

»Ganz bestimmt nicht!«, widersprach Candric.

Kara setzte sich daraufhin zu Candric auf die Ruderbank, zusammen waren sie gerade kräftig genug, um mit Rhomroor mithalten zu können.

Dann legten sie an. Eandorn sprang ans felsige Ufer inmitten der gewaltigen Halle des Trollkönigs. So als wollte er damit unter Beweis stellen, dass diese gewaltige Höhle nun wieder ihm gehörte, ließ Omrrak ein lautes Triumphgebrüll hören, das ein dutzendfaches Echo zwischen den Felswänden erzeugte. Für eine Weile konnte man sein eigenes Wort nicht mehr verstehen.

»Wir haben es noch nicht geschafft!«, gab Lirandil zu bedenken und er wiederholte diesen Satz noch einmal in der Trollsprache, um Omrrak deutlich zu machen, dass sie sich möglicherweise zu früh freuten.

Sie gelangten schließlich an das metallene Tor zum Thronsaal des Trollkönigs. Die großen, mit Dreizacken bewaffneten Wächter waren zuerst sichtlich irritiert. Aber auf einen Ruf von König Omrrak hin versuchten sie das Tor zu öffnen. Es war jedoch von innen verriegelt.

Da näherte sich Kerrak. Zunächst hatte der Trollahn Schwierigkeiten, die Treppenstufen zum Tor emporzusteigen, weil seine Füße zu groß waren. Als er dann vor dem Tor aus Metall stand, trat er es einfach ein. Es brach aus seinen Halterungen und fiel zu Boden.

»Nur die Versteinerten haben solche Kräfte«, sagte Lirandil an Candric gewandt, der mit offenem Mund zugesehen hatte. Sie betraten den Thronsaal. Das flimmernde Licht des Steinfeuers aus den Wänden erfüllte ihn.

Auf dem großen Thron saß ein Doppelgänger des Trollkönigs Omrrak. Nur ein paar Schritte entfernt waren Zwillinge von Candric und Kara zu sehen. Candric fühlte, wie sein Herz bis zum Hals schlug, als er sein Ebenbild erblickte. Es verzog das Gesicht auf eine Art, wie es eigentlich nur ein Ork tat, und trommelte sich mit den Fäusten auf die Brust. Alle drei Gestalten schimmerten auf eine magische Weise und waren von einer grünlichen Lichtaura umgeben.

Offenbar hatte Moraxx Schwierigkeiten damit, den Zauber aufrechtzuerhalten, der es ihm ermöglichte, an mehreren Orten zugleich zu sein und dabei verschiedene Gestalten anzunehmen.

Nur einen Schritt vor dem Thron klaffte ein dunkles Loch im Boden – ein magischer Schlund, ähnlich dem, durch den Candric und Kara entführt worden waren. Dieser Schlund wurde langsam größer. Gleichzeitig veränderte sich die Gestalt des falschen Trollkönigs. Moraxx' fünf Hauer kamen zum Vorschein. Als er sich vom Thron erhob und in den Schlund sprang, hatte er wieder seine eigene Erscheinung angenommen. Offenbar hatte der Fünfzahnige erkannt, dass seine Lage aussichtslos war.

Die beiden Ebenbilder von Candric und Kara bewegten sich ebenfalls auf den Schlund zu. Doch als sie sprangen, rief Lirandil genau die Formel aus Asanils Buch, die auch Eandorn zuvor angewendet hatte. Fadendünne Lichtstrahlen kamen auch aus seiner Hand. Sie trafen die beiden Trugbilder gerade in dem Moment, in dem sie in den Schlund springen wollten, und lösten sie auf. Der Schlund schloss sich. Nur kalter, glatter Stein war an seiner Stelle noch zu sehen.

»Jetzt habt Ihr genau dasselbe getan wie ich eben!«, meldete sich Prinz Eandorn zu Wort.

Lirandil antwortete ihm nicht direkt, sondern wandte sich an Candric und Kara. »Da wir Moraxx' Flucht nicht verhindern konnten, wollte ich wenigstens ausschließen, dass er weiterhin eure Gestalt anzunehmen vermag!«

»Und – glaubt Ihr, das ist gelungen?«, fragte Candric.

»Ich glaube schon. Aber ich bin natürlich kein ausgebildeter Magier …«

»Und Moraxx?«, fragte Rhomroor.

»An irgendeinem verborgenen Ort wird er vermutlich auf die nächste Gelegenheit warten, um doch noch der mächtigste Herrscher Athranors zu werden«, meinte Candric, der noch mit Schaudern an seinen Doppelgänger dachte.

Nachdem er sich von allen verabschiedet hatte, wurde Prinz Eandorn wenig später von Trollruderern zu seinem Vater auf das Schiff von Elbenkönig Péandir gebracht.

»Ihr wollt nicht ins Elbenreich zurückkehren?«, hatte er Lirandil noch gefragt, woraufhin der Fährtensucher den Kopf schüttelte. »Nein, zumindest nicht auf diesem Weg. Ich werde Candric, Kara und Rhomroor auf dem Rückweg begleiten«, erklärte er. »Aber entbietet Eurem Vater die allerbesten Grüße seines Fährtensuchers.«

»Das werde ich tun«, versprach Eandorn.

Candric, Kara, Lirandil und Rhomroor standen an der Anlegestelle am Fluss und sahen dem Boot nach, das die Trollruderer mit kräftigen Schlägen vorangleiten ließen. Wenig später änderten die in der Luft schwebenden Felsbrocken aus dem Elbengebirge, die schon bedrohlich nahe an die Stadt herangekommen waren, ihre Flugrichtung. Sie begannen damit, zusammen mit der Elbenflotte dorthin zurückzukehren, woher sie gekommen waren – ins Elbenreich.

Es dauerte bis zum Abend, dass der letzte Felsbrocken aus dem Elbengebirge und das letzte Elbenschiff hinter dem Horizont verschwunden waren.

Die nächste Nacht blieben Candric und seine Gefährten in Trollhaven. Lorgyr bot ihnen in seinem Handelskontor Unterkunft.

König Omrrak verkündete, ein großes Fest geben zu

wollen – aus Freude über das Ende von Moraxx' geheimer Herrschaft über Trollheim. Ein Fest, an dem auch die erwachten Trollahnen teilnehmen sollten, bevor sie an ihre angestammten Plätze zurückkehren und wieder zu Stein werden würden. Auch Candric und seine Gefährten sollten daran teilnehmen, und Omrrak versprach, ihnen dabei einen Ehrenplatz zu geben, und kündigte zur Bewirtung seiner Gäste den köstlichsten Schleim an, den Trollköche jemals zubereitet hätten! »Denn schließlich habt ihr euch um Trollheim verdient gemacht! Das gilt sogar für den Elb unter euch!«

»Leider können wir nicht bleiben«, sagte Candric daraufhin. »Lorgyr bricht heute mit seinem Schiff auf. Wir können mit ihm bis zur Sieben-Türme-Stadt segeln – von dort ist es nur ein Katzensprung bis Aladar. Und so viele Schiffe gibt es ja nun auch nicht, die uns auf diese lange Reise mitnehmen würden.«

Dafür hatte König Omrrak natürlich Verständnis.

Stunden später standen sie am Heck von Lorgyrs Schiff, das sehr tief im Wasser lag, da es voll mit Waren beladen war.

»Meine Reise wird wohl noch ein bisschen länger dauern, als nur bis Aladar«, sagte Rhomroor zu Candric und unterdrückte das bekräftigende Rülpsen, da er ja wusste, dass Menschen solche Laute verabscheuten.

»Wohin sie dich auch immer führt, Rhomroor, du wirst in Aladar stets willkommen sein«, versprach Candric.

Das Land Athranor
Dalan
DALANOR
YSDAL
Bragnyrs Hof
Kobolda
NORDALA
Segbar
Grab des Unbekannten OGER-Königs
Nebelhaven
Norhom
Ailandia
Serona
BAGORIEN
Eptar
Ailan
Bagor
Stadt der
SIEBENLAND
Beel
Zwergenspitz
Zagan
Endar
Amba
Balor
AMBALOR
Zwergisches Meer (versunkenes Zwergenreich)
Sieben-Türme-Stadt
Dagata
Edakia
Arazia
Batana
Zwergbergen
Lichtinsel
Finsterberge
Fischmenschen-Insel
Aladar
Roter Fluss
SYDIEN
Braga
Tarabia
Westfluss
Rote Berge
Reela
Zwergenheim
Flussburg
Sydos
Westburg
Drachenstraße
Grenzburg
WESTANIEN
Ebata
KÖNIGREICH BEIDERLAND
Drachenstein
Capla
Daragos
Drachenküste

Halle der Maladran
Halle der Eldran
Elbgard
Blaue Stadt
Stadt der Winde
Großer Elbenstein
Elbenfjord
Trollhaven
Elbanor
Thuburg
FERNES ELBENREICH
Péandirs Burg
Elbheim
Elben-Gebirge
Weltentor
Fernor
Thuvasien
Burg des Sandrilas
Burgenküste
Elbenfluss
Stadt der Spiegel
Tempar
Ysaree
Pee
Unterer Fluss
Batagia
Elbisches Meer
ALBANOY
Eltasor
Pand
Matanea
Pandanor
Dana Panor
Sepa
Schlammbucht
Krötenburg
Asalea
RASAL
Anfurten der Riesenschildkröten
Schädelburg
Hornechsenwüste
Schlammfluss
Ost-Orkreich
Orktor
Aschedünen
Orkheimer Burg
Schlangenbucht
West-Orkreich
Die Sprechenden Steine
Blutfluss
Riesenpranke
Orkheim
Tempel der Steinriesen
Skorpion-Senke
Orkstadt
Carabor
Arrgh
Lindwurm-Küste
Orkherrenhöhle
DIE DREI ORKLÄNDER